Gotthold Ephraim Lessing

Nathan der Weise

Ein dramatisches Gedicht
in fünf Aufzügen

Anmerkungen
von Peter von Düffel

Reclam

Zu Lessings *Nathan der Weise* gibt es bei Reclam

- einen *Lektüreschlüssel für Schülerinnen und Schüler* (Nr. 15316)
- *Erläuterungen und Dokumente* (Nr. 8118)
- eine Interpretation in: *Lessings Dramen* in der Reihe »Interpretationen« (Nr. 8411)

E-Book-Ausgaben finden Sie auf unserer Website unter www.reclam.de/e-book

RECLAMS UNIVERSAL-BIBLIOTHEK Nr. 3
Alle Rechte vorbehalten
© 1964, 2000 Philipp Reclam jun. GmbH & Co. KG, Stuttgart
Durchgesehene Ausgabe 2000
auf der Grundlage der neuen amtlichen Rechtschreibregeln
Gesamtherstellung: Reclam, Ditzingen. Printed in Germany 2015
RECLAM, UNIVERSAL-BIBLIOTHEK und
RECLAMS UNIVERSAL-BIBLIOTHEK sind eingetragene Marken
der Philipp Reclam jun. GmbH & Co. KG, Stuttgart
ISBN 978-3-15-000003-8

Auch als E-Book erhältlich

www.reclam.de

Nathan der Weise.

Ein
Dramatisches Gedicht,
in fünf Aufzügen.

Introite, nam et heic Dii sunt!

APVD GELLIVM.

Von
Gotthold Ephraim Lessing.

1779.

Personen

Sultan SALADIN

SITTAH, dessen Schwester

NATHAN, ein reicher Jude in Jerusalem

RECHA, dessen angenommene Tochter

DAJA, eine Christin, aber in dem Hause des Juden,
  als Gesellschafterin der Recha

Ein junger TEMPELHERR

Ein DERWISCH

Der PATRIARCH von Jerusalem

Ein KLOSTERBRUDER

Ein EMIR nebst verschiednen Mamelucken des
  Saladin

Die Szene ist in Jerusalem.

Erster Aufzug

Erster Auftritt

Szene: Flur in Nathans Hause.

NATHAN *von der Reise kommend.* DAJA *ihm entgegen.*

DAJA. Er ist es! Nathan! – Gott sei ewig Dank,
  Dass Ihr doch endlich einmal wiederkommt.
NATHAN. Ja, Daja; Gott sei Dank! Doch warum endlich?
  Hab ich denn eher wiederkommen wollen?
  Und wiederkommen können? Babylon
  Ist von Jerusalem, wie ich den Weg,
  Seitab bald rechts, bald links, zu nehmen bin
  Genötigt worden, gut zweihundert Meilen;
  Und Schulden einkassieren, ist gewiss
  Auch kein Geschäft, das merklich födert, das   10
  So von der Hand sich schlagen lässt.
DAJA.   O Nathan,
  Wie elend, elend hättet Ihr indes
  Hier werden können! Euer Haus ...
NATHAN.   Das brannte.
  So hab ich schon vernommen. – Gebe Gott,
  Dass ich nur alles schon vernommen habe!
DAJA. Und wäre leicht von Grund aus abgebrannt.
NATHAN. Dann, Daja, hätten wir ein neues uns
  Gebaut; und ein bequemeres.
DAJA.   Schon wahr! –
  Doch Recha wär bei einem Haare mit
  Verbrannt.   20
NATHAN.   Verbrannt? Wer? meine Recha? sie? –
  Das hab ich nicht gehört. – Nun dann! So hätte
  Ich keines Hauses mehr bedurft. – Verbrannt
  Bei einem Haare! – Ha! sie ist es wohl!
  Ist wirklich wohl verbrannt! – Sag nur heraus!

Heraus nur! – Töte mich: und martre mich
Nicht länger. – Ja, sie ist verbrannt.
DAJA.   Wenn sie
Es wäre, würdet Ihr von mir es hören?
NATHAN. Warum erschreckest du mich denn? – O Recha!
O meine Recha!
DAJA.   Eure? Eure Recha?
NATHAN. Wenn ich mich wieder je entwöhnen müsste,   30
Dies Kind mein Kind zu nennen!
DAJA.   Nennt Ihr alles,
Was Ihr besitzt, mit ebenso viel Rechte
Das Eure?
NATHAN.   Nichts mit größerm! Alles, was
Ich sonst besitze, hat Natur und Glück
Mir zugeteilt. Dies Eigentum allein
Dank ich der Tugend.
DAJA.   O wie teuer lasst
Ihr Eure Güte, Nathan, mich bezahlen!
Wenn Güt', in solcher Absicht ausgeübt,
Noch Güte heißen kann!
NATHAN.   In solcher Absicht?
In welcher?
DAJA.   Mein Gewissen …
NATHAN.   Daja, lass   40
Vor allen Dingen dir erzählen …
DAJA.   Mein
Gewissen, sag ich …
NATHAN.   Was in Babylon
Für einen schönen Stoff ich dir gekauft.
So reich, und mit Geschmack so reich! Ich bringe
Für Recha selbst kaum einen schönern mit.
DAJA. Was hilft's? Denn mein Gewissen, muss ich Euch
Nur sagen, lässt sich länger nicht betäuben.
NATHAN. Und wie die Spangen, wie die Ohrgehenke,
Wie Ring und Kette dir gefallen werden,
Die in Damaskus ich dir ausgesucht: 50
Verlanget mich zu sehn.

DAJA.   So seid Ihr nun!
   Wenn Ihr nur schenken könnt! nur schenken könnt!
NATHAN.
   Nimm du so gern, als ich dir geb: – und schweig!
DAJA.
   Und schweig! – Wer zweifelt, Nathan, dass Ihr nicht
   Die Ehrlichkeit, die Großmut selber seid?
   Und doch ...
NATHAN.   Doch bin ich nur ein Jude. – Gelt,
   Das willst du sagen?
DAJA.   Was ich sagen will,
   Das wisst Ihr besser.
NATHAN.   Nun so schweig!
DAJA.   Ich schweige.
   Was Sträfliches vor Gott hierbei geschieht,
   Und ich nicht hindern kann, nicht ändern kann, –   60
   Nicht kann, – komm' über Euch!
NATHAN.   Komm' über mich! –
   Wo aber ist sie denn? wo bleibt sie? – Daja,
   Wenn du mich hintergehst! – Weiß Sie es denn,
   Dass ich gekommen bin?
DAJA.   Das frag ich Euch!
   Noch zittert ihr der Schreck durch jede Nerve.
   Noch malet Feuer ihre Phantasie
   Zu allem, was sie malt. Im Schlafe wacht,
   Im Wachen schläft ihr Geist: halb weniger
   Als Tier, bald mehr als Engel.
NATHAN.   Armes Kind!
   Was sind wir Menschen!
DAJA.   Diesen Morgen lag   70
   Sie lange mit verschlossnem Aug', und war
   Wie tot. Schnell fuhr sie auf, und rief: »Horch! horch!
   Da kommen die Kamele meines Vaters!
   Horch! seine sanfte Stimme selbst!« – Indem
   Brach sich ihr Auge wieder: und ihr Haupt,
   Dem seines Armes Stütze sich entzog,

Stürzt auf das Küssen. – Ich, zur Pfort' hinaus!
Und sieh: da kommt Ihr wahrlich! kommt Ihr wahrlich! –
Was Wunder! ihre ganze Seele war
Die Zeit her nur bei Euch – und ihm. –

NATHAN.   Bei ihm?   80
Bei welchem Ihm?

DAJA.   Bei ihm, der aus dem Feuer
Sie rettete.

NATHAN.   Wer war das? wer? – Wo ist er?
Wer rettete mir meine Recha? wer?

DAJA. Ein junger Tempelherr, den, wenig Tage
Zuvor, man hier gefangen eingebracht,
Und Saladin begnadigt hatte.

NATHAN.   Wie?
Ein Tempelherr, dem Sultan Saladin
Das Leben ließ? Durch ein geringres Wunder
War Recha nicht zu retten? Gott!

DAJA.   Ohn ihn,
Der seinen unvermuteten Gewinn   90
Frisch wieder wagte, war es aus mit ihr.

NATHAN. Wo ist er, Daja, dieser edle Mann? –
Wo ist er? Führe mich zu seinen Füßen.
Ihr gabt ihm doch vors Erste, was an Schätzen
Ich euch gelassen hatte? gabt ihm alles?
Verspracht ihm mehr? weit mehr?

DAJA.   Wie konnten wir?

NATHAN. Nicht? nicht?

DAJA.   Er kam, und niemand weiß woher.
Er ging, und niemand weiß wohin. – Ohn alle
Des Hauses Kundschaft, nur von seinem Ohr
Geleitet, drang, mit vorgespreiztem Mantel,   100
Er kühn durch Flamm' und Rauch der Stimme nach,
Die uns um Hülfe rief. Schon hielten wir
Ihn für verloren, als aus Rauch und Flamme
Mit eins er vor uns stand, im starken Arm
Empor sie tragend. Kalt und ungerührt

Vom Jauchzen unsers Danks, setzt seine Beute
Er nieder, drängt sich unters Volk und ist –
Verschwunden!

NATHAN.   Nicht auf immer, will ich hoffen.

DAJA. Nachher die ersten Tage sahen wir
Ihn untern Palmen auf und nieder wandeln,   110
Die dort des Auferstandnen Grab umschatten.
Ich nahte mich ihm mit Entzücken, dankte,
Erhob, entbot, beschwor, – nur einmal noch
Die fromme Kreatur zu sehen, die
Nicht ruhen könne, bis sie ihren Dank
Zu seinen Füßen ausgeweinet.

NATHAN.   Nun?

DAJA. Umsonst! Er war zu unsrer Bitte taub;
Und goss so bittern Spott auf mich besonders ...

NATHAN. Bis dadurch abgeschreckt ...

DAJA.   Nichts weniger!
Ich trat ihn jeden Tag von neuem an;   120
Ließ jeden Tag von neuem mich verhöhnen.
Was litt ich nicht von ihm! Was hätt ich nicht
Noch gern ertragen! Aber lange schon
Kommt er nicht mehr, die Palmen zu besuchen,
Die unsers Auferstandnen Grab umschatten;
Und niemand weiß, wo er geblieben ist. –
Ihr staunt? Ihr sinnt?

NATHAN.   Ich überdenke mir,
Was das auf einen Geist, wie Rechas, wohl
Für Eindruck machen muss. Sich so verschmäht
Von dem zu finden, den man hochzuschätzen   130
Sich so gezwungen fühlt; so weggestoßen,
Und doch so angezogen werden; – Traun,
Da müssen Herz und Kopf sich lange zanken,
Ob Menschenhass, ob Schwermut siegen soll.
Oft siegt auch keines; und die Phantasie,
Die in den Streit sich mengt, macht Schwärmer,
Bei welchen bald der Kopf das Herz, und bald

Das Herz den Kopf muss spielen. – Schlimmer Tausch! –
Das Letztere, verkenn ich Recha nicht,
Ist Rechas Fall: sie schwärmt.

DAJA.   Allein so fromm,   140
So liebenswürdig!

NATHAN.   Ist doch auch geschwärmt!

DAJA. Vornehmlich Eine – Grille, wenn Ihr wollt,
Ist ihr sehr wert. Es sei ihr Tempelherr
Kein irdischer und keines irdischen;
Der Engel einer, deren Schutze sich
Ihr kleines Herz, von Kindheit auf, so gern
Vertrauet glaubte, sei aus seiner Wolke,
In die er sonst verhüllt, auch noch im Feuer,
Um sie geschwebt, mit eins als Tempelherr
Hervorgetreten. – Lächelt nicht! – Wer weiß?   150
Lasst lächelnd wenigstens ihr einen Wahn,
In dem sich Jud' und Christ und Muselmann
Vereinigen; – so einen süßen Wahn!

NATHAN. Auch mir so süß! – Geh, wackre Daja, geh;
Sieh, was sie macht; ob ich sie sprechen kann. –
Sodann such ich den wilden, launigen
Schutzengel auf. Und wenn ihm noch beliebt,
Hiernieden unter uns zu wallen; noch
Beliebt, so ungesittet Ritterschaft
Zu treiben: find ich ihn gewiss; und bring   160
Ihn her.

DAJA.   Ihr unternehmet viel.

NATHAN.   Macht dann
Der süße Wahn der süßern Wahrheit Platz: –
Denn, Daja, glaube mir; dem Menschen ist
Ein Mensch noch immer lieber, als ein Engel –
So wirst du doch auf mich, auf mich nicht zürnen,
Die Engelschwärmerin geheilt zu sehn?

DAJA. Ihr seid so gut, und seid zugleich so schlimm!
Ich geh! – Doch hört! doch seht! – Da kommt sie selbst.

Zweiter Auftritt

RECHA *und die* VORIGEN.

RECHA. So seid Ihr es doch ganz und gar, mein Vater?
Ich glaubt, Ihr hättet Eure Stimme nur   170
Vorausgeschickt. Wo bleibt Ihr? Was für Berge,
Für Wüsten, was für Ströme trennen uns
Denn noch? Ihr atmet Wand an Wand mit ihr,
Und eilt nicht, Eure Recha zu umarmen?
Die arme Recha, die indes verbrannte! –
Fast, fast verbrannte! Fast nur. Schaudert nicht!
Es ist ein garst'ger Tod, verbrennen. O!
NATHAN. Mein Kind! mein liebes Kind!
RECHA.   Ihr musstet über
Den Euphrat, Tigris, Jordan; über – wer
Weiß was für Wasser all? – Wie oft hab ich   180
Um Euch gezittert, eh das Feuer mir
So nahe kam! Denn seit das Feuer mir
So nahe kam: dünkt mich im Wasser sterben
Erquickung, Labsal, Rettung. – Doch Ihr seid
Ja nicht ertrunken: ich, ich bin ja nicht
Verbrannt. Wie wollen wir uns freun, und Gott,
Gott loben! Er, er trug Euch und den Nachen
Auf Flügeln seiner unsichtbaren Engel
Die ungetreuen Ström' hinüber. Er,
Er winkte meinem Engel, dass er sichtbar   190
Auf seinem weißen Fittiche, mich durch
Das Feuer trüge –
NATHAN.   (Weißem Fittiche!
Ja, ja! der weiße vorgespreizte Mantel
Des Tempelherrn.)
RECHA.   Er sichtbar, sichtbar mich
Durchs Feuer trüg, von seinem Fittiche
Verweht. – Ich also, ich hab einen Engel
Von Angesicht zu Angesicht gesehn;
Und meinen Engel.

NATHAN.   Recha wär es wert;
Und würd an ihm nichts Schönres sehn, als er
An ihr.
RECHA *(lächelnd)*.
           Wem schmeichelt Ihr, mein Vater? wem?   200
Dem Engel, oder Euch?
NATHAN.   Doch hätt auch nur
Ein Mensch – ein Mensch, wie die Natur sie täglich
Gewährt, dir diesen Dienst erzeigt; er müsste
Für dich ein Engel sein. Er müsst und würde.
RECHA. Nicht so ein Engel; nein! ein wirklicher;
Es war gewiss ein wirklicher! – Habt Ihr,
Ihr selbst die Möglichkeit, dass Engel sind,
Dass Gott zum Besten derer, die ihn lieben,
Auch Wunder könne tun, mich nicht gelehrt?
Ich lieb ihn ja.   210
NATHAN.   Und er liebt dich; und tut
Für dich, und deinesgleichen, stündlich Wunder;
Ja, hat sie schon von aller Ewigkeit
Für euch getan.
RECHA.   Das hör ich gern.
NATHAN.   Wie? weil
Es ganz natürlich, ganz alltäglich klänge,
Wenn dich ein eigentlicher Tempelherr
Gerettet hätte: sollt es darum weniger
Ein Wunder sein? – Der Wunder höchstes ist,
Dass uns die wahren, echten Wunder so
Alltäglich werden können, werden sollen.
Ohn dieses allgemeine Wunder, hätte   220
Ein Denkender wohl schwerlich Wunder je
Genannt, was Kindern bloß so heißen müsste,
Die gaffend nur das Ungewöhnlichste,
Das Neuste nur verfolgen.
DAJA *(zu Nathan)*.   Wollt Ihr denn
Ihr ohnedem schon überspanntes Hirn
Durch solcherlei Subtilitäten ganz
Zersprengen?

NATHAN.   Lass mich! – Meiner Recha wär
Es Wunders nicht genug, dass sie ein Mensch
Gerettet, welchen selbst kein kleines Wunder
Erst retten müssen? Ja, kein kleines Wunder!   230
Denn wer hat schon gehört, dass Saladin
Je eines Tempelherrn verschont? dass je
Ein Tempelherr von ihm verschont zu werden
Verlangt? gehofft? ihm je für seine Freiheit
Mehr als den ledern Gurt geboten, der
Sein Eisen schleppt; und höchstens seinen Dolch?

RECHA. Das schließt für mich, mein Vater. – Darum eben
War das kein Tempelherr; er schien es nur. –
Kömmt kein gefangner Tempelherr je anders
Als zum gewissen Tode nach Jerusalem;   240
Geht keiner in Jerusalem so frei
Umher: wie hätte mich des Nachts freiwillig
Denn einer retten können?

NATHAN.   Sieh! wie sinnreich.
Jetzt, Daja, nimm das Wort. Ich hab es ja
Von dir, dass er gefangen hergeschickt
Ist worden. Ohne Zweifel weißt du mehr.

DAJA. Nun ja. – So sagt man freilich; – doch man sagt
Zugleich, dass Saladin den Tempelherrn
Begnadigt, weil er seiner Bruder einem,
Den er besonders lieb gehabt, so ähnlich sehe.   250
Doch da es viele zwanzig Jahre her,
Dass dieser Bruder nicht mehr lebt, – er hieß,
Ich weiß nicht wie; – er blieb, ich weiß nicht wo: –
So klingt das ja so gar – so gar unglaublich,
Dass an der ganzen Sache wohl nichts ist.

NATHAN. Ei, Daja! Warum wäre denn das so
Unglaublich? Doch wohl nicht – wie's wohl geschieht –
Um lieber etwas noch Unglaublichers
Zu glauben? – Warum hätte Saladin,
Der sein Geschwister insgesamt so liebt,   260
In jüngern Jahren einen Bruder nicht

Noch ganz besonders lieben können? – Pflegen
Sich zwei Gesichter nicht zu ähneln? – Ist
Ein alter Eindruck ein verlorner? – Wirkt
Das Nämliche nicht mehr das Nämliche?
Seit wenn? – Wo steckt hier das Unglaubliche? –
Ei freilich, weise Daja, wär's für dich
Kein Wunder mehr; und deine Wunder nur
Bedürf... verdienen, will ich sagen, Glauben.

DAJA. Ihr spottet.

NATHAN.   Weil du meiner spottest. – Doch   270
Auch so noch, Recha, bleibet deine Rettung
Ein Wunder, dem nur möglich, der die strengsten
Entschlüsse, die unbändigsten Entwürfe
Der Könige, sein Spiel – wenn nicht sein Spott –
Gern an den schwächsten Fäden lenkt.

RECHA.   Mein Vater!
Mein Vater, wenn ich irr, Ihr wisst, ich irre
Nicht gern.

NATHAN.   Vielmehr, du lässt dich gern belehren. –
Sieh! eine Stirn, so oder so gewölbt;
Der Rücken einer Nase, so vielmehr
Als so geführet; Augenbrauen, die   280
Auf einem scharfen oder stumpfen Knochen
So oder so sich schlängeln; eine Linie,
Ein Bug, ein Winkel, eine Falt', ein Mal,
Ein Nichts, auf eines wilden Europäers
Gesicht: – und du entkömmst dem Feu'r, in Asien!
Das wär kein Wunder, wundersücht'ges Volk?
Warum bemüht ihr denn noch einen Engel?

DAJA. Was schadet's – Nathan, wenn ich sprechen darf –
Bei alledem, von einem Engel lieber
Als einem Menschen sich gerettet denken?   290
Fühlt man der ersten unbegreiflichen
Ursache seiner Rettung nicht sich so
Viel näher?

NATHAN.   Stolz! und nichts als Stolz! Der Topf

Von Eisen will mit einer silbern Zange
Gern aus der Glut gehoben sein, um selbst
Ein Topf von Silber sich zu dünken. – Pah! –
Und was es schadet, fragst du? was es schadet?
Was hilft es? dürft ich nur hinwieder fragen. –
Denn dein »Sich Gott um so viel näher fühlen«,
Ist Unsinn oder Gotteslästerung. –   300
Allein es schadet; ja, es schadet allerdings. –
Kommt! hört mir zu. – Nicht wahr? dem Wesen, das
Dich rettete, – es sei ein Engel oder
Ein Mensch, – dem möchtet ihr, und du besonders,
Gern wieder viele große Dienste tun? –
Nicht wahr? – Nun, einem Engel, was für Dienste,
Für große Dienste könnt ihr dem wohl tun?
Ihr könnt ihm danken; zu ihm seufzen, beten;
Könnt in Entzückung über ihn zerschmelzen;
Könnt an dem Tage seiner Feier fasten,   310
Almosen spenden. – Alles nichts. – Denn mich
Deucht immer, dass ihr selbst und euer Nächster
Hierbei weit mehr gewinnt, als er. Er wird
Nicht fett durch euer Fasten; wird nicht reich
Durch eure Spenden; wird nicht herrlicher
Durch eu'r Entzücken; wird nicht mächtiger
Durch eu'r Vertraun. Nicht wahr? Allein ein Mensch!
DAJA. Ei freilich hätt ein Mensch, etwas für ihn
Zu tun, uns mehr Gelegenheit verschafft.
Und Gott weiß, wie bereit wir dazu waren!   320
Allein er wollte ja, bedurfte ja
So völlig nichts; war in sich, mit sich so
Vergnügsam, als nur Engel sind, nur Engel
Sein können.
RECHA.   Endlich, als er gar verschwand …
NATHAN. Verschwand? – Wie denn verschwand? – Sich
                               untern Palmen
Nicht ferner sehen ließ? – Wie? oder habt
Ihr wirklich schon ihn weiter aufgesucht?

DAJA. Das nun wohl nicht.

NATHAN.   Nicht, Daja? nicht? – Da sieh
Nun was es schad't! – Grausame Schwärmerinnen! –
Wenn dieser Engel nun – nun krank geworden! ...   330

RECHA. Krank!

DAJA.   Krank! Er wird doch nicht!

RECHA.   Welch kalter Schauer
Befällt mich! – Daja! – Meine Stirne, sonst
So warm, fühl! ist auf einmal Eis.

NATHAN.   Er ist
Ein Franke, dieses Klimas ungewohnt;
Ist jung; der harten Arbeit seines Standes,
Des Hungerns, Wachens ungewohnt.

RECHA.   Krank! krank!

DAJA. Das wäre möglich, meint ja Nathan nur.

NATHAN. Nun liegt er da! hat weder Freund, noch Geld
Sich Freunde zu besolden.

RECHA.   Ah, mein Vater!

NATHAN. Liegt ohne Wartung, ohne Rat und Zusprach,   340
Ein Raub der Schmerzen und des Todes da!

RECHA. Wo? wo?

NATHAN.   Er, der für eine, die er nie
Gekannt, gesehn – genug, es war ein Mensch –
Ins Feu'r sich stürzte ...

DAJA.   Nathan, schonet ihrer!

NATHAN. Der, was er rettete, nicht näher kennen,
Nicht weiter sehen mocht, – um ihm den Dank
Zu sparen ...

DAJA.   Schonet ihrer, Nathan!

NATHAN.   Weiter
Auch nicht zu sehn verlangt', – es wäre denn,
Dass er zum zweiten Mal es retten sollte –
Denn g'nug, es ist ein Mensch ...

DAJA.   Hört auf, und seht!   350

NATHAN. Der, der hat sterbend sich zu laben, nichts –
Als das Bewusstsein dieser Tat!

DAJA.   Hört auf!
Ihr tötet sie!
NATHAN.   Und du hast ihn getötet! –
Hättst so ihn töten können. – Recha! Recha!
Es ist Arznei, nicht Gift, was ich dir reiche.
Er lebt! – komm zu dir! – ist auch wohl nicht krank;
Nicht einmal krank!
RECHA.   Gewiss? – nicht tot? nicht krank?
NATHAN.
Gewiss, nicht tot! – Denn Gott lohnt Gutes, hier
Getan, auch hier noch. – Geh! – Begreifst du aber,
Wie viel andächtig schwärmen leichter, als   360
Gut handeln ist? wie gern der schlaffste Mensch
Andächtig schwärmt, um nur, – ist er zuzeiten
Sich schon der Absicht deutlich nicht bewusst –
Um nur gut handeln nicht zu dürfen?
RECHA.   Ah,
Mein Vater! lasst, lasst Eure Recha doch
Nie wiederum allein! – Nicht wahr, er kann
Auch wohl verreist nur sein? –
NATHAN.   Geht! – Allerdings. –
Ich seh, dort mustert mit neugier'gem Blick
Ein Muselmann mir die beladenen
Kamele. Kennt ihr ihn?   370
DAJA.   Ha! Euer Derwisch.
NATHAN. Wer?
DAJA.   Euer Derwisch; Euer Schachgesell!
NATHAN. Al-Hafi? das Al-Hafi?
DAJA.   Itzt des Sultans
Schatzmeister.
NATHAN.   Wie? Al-Hafi? Träumst du wieder? –
Er ist's! – wahrhaftig, ist's! – kömmt auf uns zu.
Hinein mit Euch, geschwind! – Was werd ich hören!

Dritter Auftritt

NATHAN *und der* DERWISCH.

DERWISCH. Reißt nur die Augen auf, so weit Ihr könnt!
NATHAN. Bist du's? bist du es nicht? – In dieser Pracht,
Ein Derwisch! ...
DERWISCH.   Nun? warum denn nicht? Lässt sich
Aus einem Derwisch denn nichts, gar nichts machen?
NATHAN. Ei wohl, genug! – Ich dachte mir nur immer,   380
Der Derwisch – so der rechte Derwisch – woll'
Aus sich nichts machen lassen.
DERWISCH.   Beim Propheten!
Dass ich kein rechter bin, mag auch wohl wahr sein.
Zwar wenn man muss –
NATHAN.   Muss! Derwisch! – Derwisch muss?
Kein Mensch muss müssen, und ein Derwisch müsste?
Was müsst er denn?
DERWISCH.   Warum man ihn recht bittet,
Und er für gut erkennt: das muss ein Derwisch.
NATHAN. Bei unserm Gott! da sagst du wahr. – Lass dich
Umarmen, Mensch. – Du bist doch noch mein Freund?
DERWISCH.
Und fragt nicht erst, was ich geworden bin?   390
NATHAN. Trotz dem, was du geworden!
DERWISCH.   Könnt ich nicht
Ein Kerl im Staat geworden sein, des Freundschaft
Euch ungelegen wäre?
NATHAN.   Wenn dein Herz
Noch Derwisch ist, so wag ich's drauf. Der Kerl
Im Staat, ist nur dein Kleid.
DERWISCH.   Das auch geehrt
Will sein. – Was meint Ihr? ratet! – Was wär ich
An Eurem Hofe?
NATHAN.   Derwisch; weiter nichts.
Doch nebenher, wahrscheinlich – Koch.
DERWISCH.   Nun ja!

Mein Handwerk bei Euch zu verlernen. – Koch!
Nicht Kellner auch? Gesteht, dass Saladin   400
Mich besser kennt. – Schatzmeister bin ich bei
Ihm worden.
NATHAN.   Du? – bei ihm?
DERWISCH.   Versteht:
Des kleinern Schatzes, – denn des größern waltet
Sein Vater noch – des Schatzes für sein Haus.
NATHAN. Sein Haus ist groß.
DERWISCH.   Und größer, als Ihr glaubt;
Denn jeder Bettler ist von seinem Hause.
NATHAN. Doch ist den Bettlern Saladin so feind –
DERWISCH. Dass er mit Strumpf und Stiel sie zu vertilgen
Sich vorgesetzt, – und sollt er selbst darüber
Zum Bettler werden.
NATHAN.   Brav! – So mein ich's eben.   410
DERWISCH.
Er ist's auch schon, trotz einem! – Denn sein Schatz
Ist jeden Tag mit Sonnenuntergang
Viel leerer noch, als leer. Die Flut, so hoch
Sie morgens eintritt, ist des Mittags längst
Verlaufen –
NATHAN.   Weil Kanäle sie zum Teil
Verschlingen, die zu füllen oder zu
Verstopfen, gleich unmöglich ist.
DERWISCH.   Getroffen!
NATHAN. Ich kenne das!
DERWISCH.   Es taugt nun freilich nichts,
Wenn Fürsten Geier unter Äsern sind.
Doch sind sie Äser unter Geiern, taugt's   420
Noch zehnmal weniger.
NATHAN.   O nicht doch, Derwisch!
Nicht doch!
DERWISCH.   Ihr habt gut reden, Ihr! – Kommt an:
Was gebt Ihr mir? so tret ich meine Stell'
Euch ab.

NATHAN. Was bringt dir deine Stelle?
DERWISCH.   Mir?
  Nicht viel. Doch Euch, Euch kann sie trefflich wuchern.
  Denn ist es Ebb' im Schatz, – wie öfters ist, –
  So zieht Ihr Eure Schleusen auf: schießt vor,
  Und nehmt an Zinsen, was Euch nur gefällt.
NATHAN. Auch Zins vom Zins der Zinsen?
DERWISCH.   Freilich!
NATHAN.   Bis
  Mein Kapital zu lauter Zinsen wird.   430
DERWISCH. Das lockt Euch nicht? – So schreibet unsrer
                              Freundschaft
  Nur gleich den Scheidebrief! Denn wahrlich hab
  Ich sehr auf Euch gerechnet.
NATHAN.   Wahrlich? Wie
  Denn so? wieso denn?
DERWISCH.   Dass Ihr mir mein Amt
  Mit Ehren würdet führen helfen; dass
  Ich allzeit offne Kasse bei Euch hätte. –
  Ihr schüttelt?
NATHAN.   Nun, verstehn wir uns nur recht!
  Hier gibt's zu unterscheiden. – Du? warum
  Nicht du? Al-Hafi Derwisch ist zu allem,
  Was ich vermag, mir stets willkommen. – Aber   440
  Al-Hafi Defterdar des Saladin,
  Der – dem –
DERWISCH.   Erriet ich's nicht? Dass Ihr doch immer
  So gut als klug, so klug als weise seid? –
  Geduld! Was Ihr am Hafi unterscheidet,
  Soll bald geschieden wieder sein. – Seht da
  Das Ehrenkleid, das Saladin mir gab.
  Eh es verschossen ist, eh es zu Lumpen
  Geworden, wie sie einen Derwisch kleiden,
  Hängt's in Jerusalem am Nagel, und
  Ich bin am Ganges, wo ich leicht und barfuß   450
  Den heißen Sand mit meinen Lehrern trete.

NATHAN. Dir ähnlich g'nug!

DERWISCH.   Und Schach mit ihnen spiele.

NATHAN. Dein höchstes Gut!

DERWISCH.   Denkt nur, was mich verführte! –
    Damit ich selbst nicht länger betteln dürfte?
    Den reichen Mann mit Bettlern spielen könnte?
    Vermögend wär im Hui den reichsten Bettler
    In einen armen Reichen zu verwandeln?

NATHAN. Das nun wohl nicht.

DERWISCH.   Weit etwas Abgeschmackters!
    Ich fühlte mich zum ersten Mal geschmeichelt;
    Durch Saladins gutherz'gen Wahn geschmeichelt –   460

NATHAN. Der war?

DERWISCH.   »Ein Bettler wisse nur, wie Bettlern
    Zumute sei; ein Bettler habe nur
    Gelernt, mit guter Weise Bettlern geben.
    Dein Vorfahr, sprach er, war mir viel zu kalt,
    Zu rau. Er gab so unhold, wenn er gab;
    Erkundigte so ungestüm sich erst
    Nach dem Empfänger; nie zufrieden, dass
    Er nur den Mangel kenne, wollt er auch
    Des Mangels Ursach' wissen, um die Gabe
    Nach dieser Ursach' filzig abzuwägen.   470
    Das wird Al-Hafi nicht! So unmild mild
    Wird Saladin im Hafi nicht erscheinen!
    Al-Hafi gleich verstopften Röhren nicht,
    Die ihre klar und still empfangnen Wasser
    So unrein und so sprudelnd wiedergeben.
    Al-Hafi denkt; Al-Hafi fühlt wie ich!« –
    So lieblich klang des Voglers Pfeife, bis
    Der Gimpel in dem Netze war. – Ich Geck!
    Ich eines Gecken Geck!

NATHAN.   Gemach, mein Derwisch,
    Gemach!

DERWISCH. Ei was! – Es wär nicht Geckerei,   480
    Bei Hunderttausenden die Menschen drücken,

Ausmergeln, plündern, martern, würgen; und
Ein Menschenfreund an Einzeln scheinen wollen?
Es wär nicht Geckerei, des Höchsten Milde,
Die sonder Auswahl über Bös' und Gute
Und Flur und Wüstenei, in Sonnenschein
Und Regen sich verbreitet, – nachzuäffen,
Und nicht des Höchsten immer volle Hand
Zu haben? Was? es wär nicht Geckerei ...

NATHAN. Genug! hör auf!

DERWISCH.   Lasst meiner Geckerei   490
Mich doch nur auch erwähnen! – Was? es wäre
Nicht Geckerei, an solchen Geckereien
Die gute Seite dennoch auszuspüren,
Um Anteil, dieser guten Seite wegen,
An dieser Geckerei zu nehmen? He?
Das nicht?

NATHAN.   Al-Hafi, mache, dass du bald
In deine Wüste wieder kömmst. Ich fürchte,
Grad unter Menschen möchtest du ein Mensch
Zu sein verlernen.

DERWISCH.   Recht, das fürcht ich auch.
Lebt wohl!

NATHAN.   So hastig? – Warte doch, Al-Hafi.   500
Entläuft dir denn die Wüste? – Warte doch! –
Dass er mich hörte! – He, Al-Hafi! hier! –
Weg ist er; und ich hätt ihn noch so gern
Nach unserm Tempelherrn gefragt. Vermutlich,
Dass er ihn kennt.

Vierter Auftritt

DAJA *eilig herbei.* NATHAN.

DAJA.   O Nathan, Nathan!

NATHAN.   Nun?
Was gibt's?

DAJA.   Er lässt sich wieder sehn! Er lässt
Sich wieder sehn!
NATHAN.   Wer, Daja? wer?
DAJA.   Er! er!
NATHAN.
Er? Er? – Wann lässt sich der nicht sehn! – Ja so,
Nur euer Er heißt er. – Das sollt er nicht!
Und wenn er auch ein Engel wäre, nicht!   510
DAJA. Er wandelt untern Palmen wieder auf
Und ab; und bricht von Zeit zu Zeit sich Datteln.
NATHAN. Sie essend? – und als Tempelherr?
DAJA.   Was quält
Ihr mich? – Ihr gierig Aug' erriet ihn hinter
Den dicht verschränkten Palmen schon; und folgt
Ihm unverrückt. Sie lässt Euch bitten, – Euch
Beschwören, – ungesäumt ihn anzugehn.
O eilt! Sie wird Euch aus dem Fenster winken,
Ob er hinauf geht oder weiter ab
Sich schlägt. O eilt!
NATHAN.   So wie ich vom Kamele   520
Gestiegen? – Schickt sich das? – Geh, eile du
Ihm zu; und meld ihm meine Wiederkunft.
Gib Acht, der Biedermann hat nur mein Haus
In meinem Absein nicht betreten wollen;
Und kömmt nicht ungern, wenn der Vater selbst
Ihn laden lässt. Geh, sag, ich lass ihn bitten,
Ihn herzlich bitten ...
DAJA.   All umsonst! Er kömmt
Euch nicht. – Denn kurz; er kömmt zu keinem Juden.
NATHAN. So geh, geh wenigstens ihn anzuhalten;
Ihn wenigstens mit deinen Augen zu   530
Begleiten. – Geh, ich komme gleich dir nach.
(Nathan eilet hinein, und Daja heraus.)

Fünfter Auftritt

Szene: ein Platz mit Palmen,

unter welchen der TEMPELHERR *auf und nieder geht. Ein*
KLOSTERBRUDER *folgt ihm in einiger Entfernung von der Seite,*
immer als ob er ihn anreden wolle.

TEMPELHERR.
    Der folgt mir nicht vor langer Weile! – Sieh,
    Wie schielt er nach den Händen! – Guter Bruder, ...
    Ich kann Euch auch wohl Vater nennen; nicht?
KLOSTERBRUDER.
    Nur Bruder – Laienbruder nur; zu dienen.
TEMPELHERR. Ja, guter Bruder, wer nur selbst was hätte!
    Bei Gott! bei Gott! ich habe nichts –
KLOSTERBRUDER.   Und doch
    Recht warmen Dank! Gott geb' Euch tausendfach,
    Was Ihr gern geben wolltet. Denn der Wille
    Und nicht die Gabe macht den Geber. – Auch   540
    Ward ich dem Herrn Almosens wegen gar
    Nicht nachgeschickt.
TEMPELHERR.   Doch aber nachgeschickt?
KLOSTERBRUDER. Ja; aus dem Kloster.
TEMPELHERR.   Wo ich eben jetzt
    Ein kleines Pilgermahl zu finden hoffte?
KLOSTERBRUDER.
    Die Tische waren schon besetzt; komm' aber
    Der Herr nur wieder mit zurück.
TEMPELHERR.   Wozu?
    Ich habe Fleisch wohl lange nicht gegessen:
    Allein was tut's? Die Datteln sind ja reif.
KLOSTERBRUDER.
    Nehm' sich der Herr in Acht mit dieser Frucht.
    Zu viel genossen taugt sie nicht; verstopft   550
    Die Milz; macht melancholisches Geblüt.
TEMPELHERR.
    Wenn ich nun melancholisch gern mich fühlte? –

Doch dieser Warnung wegen wurdet Ihr
Mir doch nicht nachgeschickt?
KLOSTERBRUDER.   O nein! – Ich soll
Mich nur nach Euch erkunden; auf den Zahn
Euch fühlen.
TEMPELHERR. Und das sagt Ihr mir so selbst?
KLOSTERBRUDER. Warum nicht?
TEMPELHERR.   (Ein verschmitzter Bruder!) – Hat
Das Kloster Euresgleichen mehr?
KLOSTERBRUDER.   Weiß nicht.
Ich muss gehorchen, lieber Herr.
TEMPELHERR.   Und da
Gehorcht Ihr denn auch ohne viel zu klügeln?   560
KLOSTERBRUDER.
Wär's sonst gehorchen, lieber Herr?
TEMPELHERR   (Dass doch
Die Einfalt immer Recht behält!) – Ihr dürft
Mir doch auch wohl vertrauen, wer mich gern
Genauer kennen möchte? – Dass Ihr's selbst
Nicht seid, will ich wohl schwören.
KLOSTERBRUDER.   Ziemte mir's?
Und frommte mir's?
TEMPELHERR.   Wem ziemt und frommt es denn,
Dass er so neubegierig ist? Wem denn?
KLOSTERBRUDER.
Dem Patriarchen; muss ich glauben. – Denn
Der sandte mich Euch nach.
TEMPELHERR.   Der Patriarch?
Kennt der das rote Kreuz auf weißem Mantel   570
Nicht besser?
KLOSTERBRUDER.   Kenn ja ich's!
TEMPELHERR.   Nun, Bruder? nun? –
Ich bin ein Tempelherr; und ein gefangner. –
Setz ich hinzu: gefangen bei Tebnin,
Der Burg, die mit des Stillstands letzter Stunde
Wir gern erstiegen hätten, um sodann

　　　Auf Sidon loszugehn; – setz ich hinzu:
　　　Selbzwanzigster gefangen und allein
　　　Vom Saladin begnadiget: so weiß
　　　Der Patriarch, was er zu wissen braucht; –
　　　Mehr, als er braucht.
KLOSTERBRUDER.　　　　　Wohl aber schwerlich mehr,　　580
　　　Als er schon weiß. – Er wüsst auch gern, warum
　　　Der Herr vom Saladin begnadigt worden;
　　　Er ganz allein.
TEMPELHERR.　　　Weiß ich das selber? – Schon
　　　Den Hals entblößt, kniet ich auf meinem Mantel,
　　　Den Streich erwartend; als mich schärfer Saladin
　　　Ins Auge fasst, mir näher springt, und winkt.
　　　Man hebt mich auf; ich bin entfesselt; will
　　　Ihm danken; seh sein Aug' in Tränen: stumm
　　　Ist er, bin ich; er geht, ich bleibe. – Wie
　　　Nun das zusammenhängt, enträtsle sich　　　　590
　　　Der Patriarche selbst.
KLOSTERBRUDER.　　　Er schließt daraus,
　　　Dass Gott zu großen, großen Dingen Euch
　　　Müss' aufbehalten haben.
TEMPELHERR.　　　Ja, zu großen!
　　　Ein Judenmädchen aus dem Feu'r zu retten;
　　　Auf Sinai neugier'ge Pilger zu
　　　Geleiten; und dergleichen mehr.
KLOSTERBRUDER.　　　　　Wird schon
　　　Noch kommen! – Ist inzwischen auch nicht übel. –
　　　Vielleicht hat selbst der Patriarch bereits
　　　Weit wicht'gere Geschäfte für den Herrn.
TEMPELHERR.
　　　So? meint Ihr, Bruder? – Hat er gar Euch schon　　600
　　　Was merken lassen?
KLOSTERBRUDER.　　　Ei, jawohl! – Ich soll
　　　Den Herrn nur erst ergründen, ob er so
　　　Der Mann wohl ist.
TEMPELHERR.　　　Nun ja; ergründet nur!
　　　(Ich will doch sehn, wie der ergründet!) – Nun?

KLOSTERBRUDER.
  Das Kürz'ste wird wohl sein, dass ich dem Herrn
  Ganz gradezu des Patriarchen Wunsch
  Eröffne.
TEMPELHERR. Wohl!
KLOSTERBRUDER.   Er hätte durch den Herrn
  Ein Briefchen gern bestellt.
TEMPELHERR.   Durch mich? Ich bin
  Kein Bote. – Das, das wäre das Geschäft,
  Das weit glorreicher sei, als Judenmädchen   610
  Dem Feu'r entreißen?
KLOSTERBRUDER.   Muss doch wohl! Denn – sagt
  Der Patriarch – an diesem Briefchen sei
  Der ganzen Christenheit sehr viel gelegen.
  Dies Briefchen wohl bestellt zu haben, – sagt
  Der Patriarch, – werd einst im Himmel Gott
  Mit einer ganz besondern Krone lohnen.
  Und dieser Krone, – sagt der Patriarch, –
  Sei niemand würd'ger, als mein Herr.
TEMPELHERR.   Als ich?
KLOSTERBRUDER. Denn diese Krone zu verdienen, – sagt
  Der Patriarch, – sei schwerlich jemand auch   620
  Geschickter, als mein Herr.
TEMPELHERR.   Als ich?
KLOSTERBRUDER.   Er sei
  Hier frei; könn' überall sich hier besehn;
  Versteh', wie eine Stadt zu stürmen und
  Zu schirmen; könne, – sagt der Patriarch, –
  Die Stärk' und Schwäche der von Saladin
  Neu aufgeführten, innern, zweiten Mauer
  Am besten schätzen, sie am deutlichsten
  Den Streitern Gottes, – sagt der Patriarch, –
  Beschreiben.
TEMPELHERR. Guter Bruder, wenn ich doch
  Nun auch des Briefchens nähern Inhalt wüsste.   630
KLOSTERBRUDER.
  Ja den, – den weiß ich nun wohl nicht so recht.

Das Briefchen aber ist an König Philipp. –
Der Patriarch ... Ich hab mich oft gewundert,
Wie doch ein Heiliger, der sonst so ganz
Im Himmel lebt, zugleich so unterrichtet
Von Dingen dieser Welt zu sein herab
Sich lassen kann. Es muss ihm sauer werden.

TEMPELHERR. Nun dann? der Patriarch? –

KLOSTERBRUDER.   Weiß ganz genau,
Ganz zuverlässig, wie und wo, wie stark,
Von welcher Seite Saladin, im Fall   640
Es völlig wieder losgeht, seinen Feldzug
Eröffnen wird.

TEMPELHERR.   Das weiß er?

KLOSTERBRUDER.   Ja, und möcht
Es gern dem König Philipp wissen lassen:
Damit der ungefähr ermessen könne,
Ob die Gefahr denn gar so schrecklich, um
Mit Saladin den Waffenstillestand,
Den Euer Orden schon so brav gebrochen,
Es koste was es wolle, wiederher-
Zustellen.

TEMPELHERR.   Welch ein Patriarch! – Ja so!
Der liebe tapfre Mann will mich zu keinem   650
Gemeinen Boten; will mich – zum Spion. –
Sagt Euerm Patriarchen, guter Bruder,
So viel Ihr mich ergründen können, wär
Das meine Sache nicht. – Ich müsse mich
Noch als Gefangenen betrachten; und
Der Tempelherren einziger Beruf
Sei mit dem Schwerte dreinzuschlagen, nicht
Kundschafterei zu treiben.

KLOSTERBRUDER.   Dacht ich's doch! –
Will's auch dem Herrn nicht eben sehr verübeln. –
Zwar kömmt das Beste noch. – Der Patriarch   660
Hiernächst hat ausgegattert, wie die Veste
Sich nennt, und wo auf Libanon sie liegt,

In der die ungeheuern Summen stecken,
Mit welchen Saladins vorsicht'ger Vater
Das Heer besoldet, und die Zurüstungen
Des Kriegs bestreitet. Saladin verfügt
Von Zeit zu Zeit auf abgelegnen Wegen
Nach dieser Veste sich, nur kaum begleitet. –
Ihr merkt doch?

TEMPELHERR.   Nimmermehr!

KLOSTERBRUDER.   Was wäre da
Wohl leichter, als des Saladins sich zu   670
Bemächtigen? den Garaus ihm zu machen? –
Ihr schaudert? – O es haben schon ein paar
Gottsfürcht'ge Maroniten sich erboten,
Wenn nur ein wackrer Mann sie führen wolle,
Das Stück zu wagen.

TEMPELHERR.   Und der Patriarch
Hatt auch zu diesem wackern Manne mich
Ersehn?

KLOSTERBRUDER.   Er glaubt, dass König Philipp wohl
Von Ptolemais aus die Hand hierzu
Am besten bieten könne.

TEMPELHERR.   Mir? mir, Bruder?   680
Mir? Habt Ihr nicht gehört? nur erst gehört,
Was für Verbindlichkeit dem Saladin
Ich habe?

KLOSTERBRUDER.
          Wohl hab ich's gehört.

TEMPELHERR.   Und doch?

KLOSTERBRUDER.
Ja, – meint der Patriarch, – das wär schon gut:
Gott aber und der Orden ...

TEMPELHERR.   Ändern nichts!
Gebieten mir kein Bubenstück!

KLOSTERBRUDER.   Gewiss nicht! –
Nur, – meint der Patriarch, – sei Bubenstück
Vor Menschen, nicht auch Bubenstück vor Gott.

TEMPELHERR. Ich wär dem Saladin mein Leben schuldig:
  Und raubt ihm seines?
KLOSTERBRUDER.   Pfui! – Doch bliebe, – meint
  Der Patriarch, – noch immer Saladin   690
  Ein Feind der Christenheit, der Euer Freund
  Zu sein, kein Recht erwerben könne.
TEMPELHERR.   Freund?
  An dem ich bloß nicht will zum Schurken werden;
  Zum undankbaren Schurken?
KLOSTERBRUDER.   Allerdings! –
  Zwar, – meint der Patriarch, – des Dankes sei
  Man quitt, vor Gott und Menschen quitt, wenn uns
  Der Dienst um unsertwillen nicht geschehen.
  Und da verlauten wolle, – meint der Patriarch, –
  Dass Euch nur darum Saladin begnadet,
  Weil ihm in Eurer Mien', in Euerm Wesen,   700
  So was von seinem Bruder eingeleuchtet …
TEMPELHERR.
  Auch dieses weiß der Patriarch; und doch? –
  Ah! wäre das gewiss! Ah, Saladin! –
  Wie? die Natur hätt auch nur Einen Zug
  Von mir in deines Bruders Form gebildet:
  Und dem entspräche nichts in meiner Seele?
  Was dem entspräche, könnt ich unterdrücken,
  Um einem Patriarchen zu gefallen? –
  Natur, so leugst du nicht! So widerspricht
  Sich Gott in seinen Werken nicht! – Geht Bruder! –   710
  Erregt mir meine Galle nicht! – Geht! geht!
KLOSTERBRUDER. Ich geh; und geh vergnügter, als ich kam.
  Verzeihe mir der Herr. Wir Klosterleute
  Sind schuldig, unsern Obern zu gehorchen.

Sechster Auftritt

Der TEMPELHERR *und* DAJA, *die den Tempelherrn schon eine*
Zeitlang von weiten beobachtet hatte, und sich nun ihm
nähert.

DAJA. Der Klosterbruder, wie mich dünkt, ließ in
  Der besten Laun' ihn nicht. – Doch muss ich mein
  Paket nur wagen.
TEMPELHERR.   Nun, vortrefflich! – Lügt
  Das Sprichwort wohl: dass Mönch und Weib, und Weib
  Und Mönch des Teufels beide Krallen sind?
  Er wirft mich heut aus einer in die andre.   720
DAJA. Was seh ich? – Edler Ritter, Euch? – Gott Dank!
  Gott tausend Dank! – Wo habt Ihr denn
  Die ganze Zeit gesteckt? – Ihr seid doch wohl
  Nicht krank gewesen?
TEMPELHERR.   Nein.
DAJA.   Gesund doch?
TEMPELHERR.   Ja.
DAJA. Wir waren Euertwegen wahrlich ganz
  Bekümmert.
TEMPELHERR. So?
DAJA.   Ihr wart gewiss verreist?
TEMPELHERR. Erraten!
DAJA.   Und kamt heut erst wieder?
TEMPELHERR.   Gestern.
DAJA. Auch Rechas Vater ist heut angekommen.
  Und nun darf Recha doch wohl hoffen?
TEMPELHERR.   Was?
DAJA. Warum sie Euch so öfters bitten lassen.   730
  Ihr Vater ladet Euch nun selber bald
  Aufs Dringlichste. Er kömmt von Babylon;
  Mit zwanzig hochbeladenen Kamelen,
  Und allem, was an edeln Spezereien,
  An Steinen und an Stoffen, Indien
  Und Persien und Syrien, gar Sina,
  Kostbares nur gewähren.

TEMPELHERR.   Kaufe nichts.

DAJA. Sein Volk verehret ihn als einen Fürsten.
Doch dass es ihn den Weisen Nathan nennt,
Und nicht vielmehr den Reichen, hat mich oft   740
Gewundert.

TEMPELHERR.   Seinem Volk ist reich und weise
Vielleicht das Nämliche.

DAJA.   Vor allen aber
Hätt's ihn den Guten nennen müssen. Denn
Ihr stellt Euch gar nicht vor, wie gut er ist.
Als er erfuhr, wie viel Euch Recha schuldig:
Was hätt, in diesem Augenblicke, nicht
Er alles Euch getan, gegeben!

TEMPELHERR.   Ei!

DAJA. Versucht's und kommt und seht!

TEMPELHERR.   Was denn? wie schnell
Ein Augenblick vorüber ist?

DAJA.   Hätt ich,
Wenn er so gut nicht wär, es mir so lange   750
Bei ihm gefallen lassen? Meint Ihr etwa,
Ich fühle meinen Wert als Christin nicht?
Auch mir ward's vor der Wiege nicht gesungen,
Dass ich nur darum meinem Ehgemahl
Nach Palästina folgen würd, um da
Ein Judenmädchen zu erziehn. Es war
Mein lieber Ehgemahl ein edler Knecht
In Kaiser Friedrichs Heere –

TEMPELHERR.   Von Geburt
Ein Schweizer, dem die Ehr' und Gnade ward
Mit Seiner Kaiserlichen Majestät   760
In einem Flusse zu ersaufen. – Weib!
Wie vielmal habt Ihr mir das schon erzählt?
Hört Ihr denn gar nicht auf mich zu verfolgen?

DAJA. Verfolgen! lieber Gott!

TEMPELHERR.   Ja, ja, verfolgen.
Ich will nun einmal Euch nicht weiter sehn!

Nicht hören! Will von Euch an eine Tat
Nicht fort und fort erinnert sein, bei der
Ich nichts gedacht; die, wenn ich drüber denke,
Zum Rätsel von mir selbst mir wird. Zwar möcht
Ich sie nicht gern bereuen. Aber seht;   770
Eräugnet so ein Fall sich wieder: Ihr
Seid schuld, wenn ich so rasch nicht handle; wenn
Ich mich vorher erkund, – und brennen lasse,
Was brennt.
DAJA.   Bewahre Gott!
TEMPELHERR.   Von heut an tut
Mir den Gefallen wenigstens, und kennt
Mich weiter nicht. Ich bitt Euch drum. Auch lasst
Den Vater mir vom Halse. Jud' ist Jude.
Ich bin ein plumper Schwab. Des Mädchens Bild
Ist längst aus meiner Seele; wenn es je
Da war.
DAJA.   Doch Eures ist aus ihrer nicht.   780
TEMPELHERR. Was soll's nun aber da? was soll's?
DAJA.   Wer weiß!
Die Menschen sind nicht immer, was sie scheinen.
TEMPELHERR. Doch selten etwas Bessers. *(Er geht.)*
DAJA.   Wartet doch!
Was eilt Ihr?
TEMPELHERR.   Weib, macht mir die Palmen nicht
Verhasst, worunter ich so gern sonst wandle.
DAJA. So geh, du deutscher Bär! so geh! – Und doch
Muss ich die Spur des Tieres nicht verlieren.
(Sie geht ihm von weiten nach.)

Zweiter Aufzug

Erster Auftritt

Die Szene: des Sultans Palast.

SALADIN *und* SITTAH *spielen Schach.*

SITTAH. Wo bist du, Saladin? Wie spielst du heut?
SALADIN. Nicht gut? Ich dächte doch.
SITTAH.   Für mich; und kaum.
  Nimm diesen Zug zurück.
SALADIN.   Warum?
SITTAH.   Der Springer   790
  Wird unbedeckt.
SALADIN.   Ist wahr. Nun so!
SITTAH.   So zieh
  Ich in die Gabel.
SALADIN.   Wieder wahr. – Schach dann!
SITTAH. Was hilft dir das? Ich setze vor: und du
  Bist, wie du warst.
SALADIN.   Aus dieser Klemme, seh
  Ich wohl, ist ohne Buße nicht zu kommen.
  Mag's! nimm den Springer nur.
SITTAH.   Ich will ihn nicht.
  Ich geh vorbei.
SALADIN.   Du schenkst mir nichts. Dir liegt
  An diesem Platze mehr, als an dem Springer.
SITTAH. Kann sein.
SALADIN.   Mach deine Rechnung nur nicht ohne
  Den Wirt. Denn sieh! Was gilt's, das warst du nicht   800
  Vermuten?
SITTAH.   Freilich nicht. Wie konnt ich auch
  Vermuten, dass du deiner Königin
  So müde wärst?
SALADIN.   Ich meiner Königin?

SITTAH. Ich seh nun schon: ich soll heut meine tausend
  Dinar', kein Naserinchen mehr gewinnen.
SALADIN. Wieso?
SITTAH.   Frag noch! – Weil du mit Fleiß, mit aller
  Gewalt verlieren willst. – Doch dabei find
  Ich meine Rechnung nicht. Denn außer, dass
  Ein solches Spiel das unterhaltendste
  Nicht ist: gewann ich immer nicht am meisten   810
  Mit dir, wenn ich verlor? Wenn hast du mir
  Den Satz, mich des verlornen Spieles wegen
  Zu trösten, doppelt nicht hernach geschenkt?
SALADIN. Ei sieh! so hättest du ja wohl, wenn du
  Verlorst, mit Fleiß verloren, Schwesterchen?
SITTAH. Zum wenigsten kann gar wohl sein, dass deine
  Freigebigkeit, mein liebes Brüderchen,
  Schuld ist, dass ich nicht besser spielen lernen.
SALADIN. Wir kommen ab vom Spiele. Mach ein Ende!
SITTAH.
  So bleibt es? Nun dann: Schach! und doppelt Schach!   820
SALADIN. Nun freilich, dieses Abschach hab ich nicht
  Gesehn, das meine Königin zugleich
  Mit niederwirft.
SITTAH.   War dem noch abzuhelfen?
  Lass sehn.
SALADIN.   Nein, nein; nimm nur die Königin.
  Ich war mit diesem Steine nie recht glücklich.
SITTAH. Bloß mit dem Steine?
SALADIN.   Fort damit! – Das tut
  Mir nichts. Denn so ist alles wiederum
  Geschützt.
SITTAH.   Wie höflich man mit Königinnen
  Verfahren müsse: hat mein Bruder mich
  Zu wohl gelehrt. (Sie lässt sie stehen.)
SALADIN.   Nimm, oder nimm sie nicht!   830
  Ich habe keine mehr.
SITTAH.   Wozu sie nehmen?
  Schach! – Schach!

SALADIN.   Nur weiter.
SITTAH.   Schach! – und Schach! – und Schach! –
SALADIN. Und matt!
SITTAH.   Nicht ganz; du ziehst den Springer noch
  Dazwischen; oder was du machen willst.
  Gleichviel!
SALADIN.   Ganz recht! – Du hast gewonnen: und
  Al-Hafi zahlt. – Man lass' ihn rufen! gleich! –
  Du hattest, Sittah, nicht so Unrecht; ich
  War nicht so ganz beim Spiele; war zerstreut.
  Und dann: wer gibt uns denn die glatten Steine
  Beständig? die an nichts erinnern, nichts   840
  Bezeichnen. Hab ich mit dem Iman denn
  Gespielt? – Doch was? Verlust will Vorwand. Nicht
  Die ungeformten Steine, Sittah, sind's
  Die mich verlieren machten: deine Kunst,
  Dein ruhiger und schneller Blick ...
SITTAH.   Auch so
  Willst du den Stachel des Verlusts nur stumpfen.
  Genug, du warst zerstreut; und mehr als ich.
SALADIN. Als du? Was hätte dich zerstreuet?
SITTAH.   Deine
  Zerstreuung freilich nicht! – O Saladin,
  Wenn werden wir so fleißig wieder spielen!   850
SALADIN. So spielen wir um so viel gieriger! –
  Ah! weil es wieder losgeht, meinst du? – Mag's! –
  Nur zu! – Ich habe nicht zuerst gezogen;
  Ich hätte gern den Stillstand aufs Neue
  Verlängert; hätte meiner Sittah gern,
  Gern einen guten Mann zugleich verschafft.
  Und das muss Richards Bruder sein: er ist
  Ja Richards Bruder.
SITTAH.   Wenn du deinen Richard
  Nur loben kannst!
SALADIN.   Wenn unserm Bruder Melek
  Dann Richards Schwester wär zu Teile worden: 860

Ha! welch ein Haus zusammen! Ha, der ersten,
Der besten Häuser in der Welt das beste! –
Du hörst, ich bin mich selbst zu loben, auch
Nicht faul. Ich dünk mich meiner Freunde wert. –
Das hätte Menschen geben sollen! das!

SITTAH. Hab ich des schönen Traums nicht gleich gelacht?
Du kennst die Christen nicht, willst sie nicht kennen.
Ihr Stolz ist: Christen sein; nicht Menschen. Denn
Selbst das, was, noch von ihrem Stifter her,
Mit Menschlichkeit den Aberglauben würzt,   870
Das lieben sie, nicht weil es menschlich ist:
Weil's Christus lehrt; weil's Christus hat getan. –
Wohl ihnen, dass er ein so guter Mensch
Noch war! Wohl ihnen, dass sie seine Tugend
Auf Treu und Glaube nehmen können! – Doch
Was Tugend? – Seine Tugend nicht; sein Name
Soll überall verbreitet werden; soll
Die Namen aller guten Menschen schänden,
Verschlingen. Um den Namen, um den Namen
Ist ihnen nur zu tun.

SALADIN.   Du meinst: warum   880
Sie sonst verlangen würden, dass auch ihr,
Auch du und Melek, Christen hießet, eh
Als Ehgemahl ihr Christen lieben wolltet?

SITTAH. Jawohl! Als wär von Christen nur, als Christen,
Die Liebe zu gewärtigen, womit
Der Schöpfer Mann und Männin ausgestattet!

SALADIN. Die Christen glauben mehr Armseligkeiten,
Als dass sie die nicht auch noch glauben könnten! –
Und gleichwohl irrst du dich. – Die Tempelherren,
Die Christen nicht, sind schuld: sind nicht, als
                                        Christen,   890
Als Tempelherren schuld. Durch die allein
Wird aus der Sache nichts. Sie wollen Acca,
Das Richards Schwester unserm Bruder Melek
Zum Brautschatz bringen müsste, schlechterdings

Nicht fahren lassen. Dass des Ritters Vorteil
Gefahr nicht laufe, spielen sie den Mönch,
Den albern Mönch. Und ob vielleicht im Fluge
Ein guter Streich gelänge: haben sie
Des Waffenstillestandes Ablauf kaum
Erwarten können. – Lustig! Nur so weiter!   900
Ihr Herren, nur so weiter! – Mir schon recht! –
Wär alles sonst nur, wie es müsste.

SITTAH.   Nun?
Was irrte dich denn sonst? Was könnte sonst
Dich aus der Fassung bringen?

SALADIN.   Was von je
Mich immer aus der Fassung hat gebracht. –
Ich war auf Libanon, bei unserm Vater.
Er unterliegt den Sorgen noch ...

SITTAH.   O weh!

SALADIN. Er kann nicht durch; es klemmt sich allerorten;
Es fehlt bald da, bald dort –

SITTAH.   Was klemmt? was fehlt?

SALADIN.
Was sonst, als was ich kaum zu nennen würd'ge?   910
Was, wenn ich's habe, mir so überflüssig,
Und hab ich's nicht, so unentbehrlich scheint. –
Wo bleibt Al-Hafi denn? Ist niemand nach
Ihm aus? – Das leidige, verwünschte Geld! –
Gut, Hafi, dass du kömmst.

Zweiter Auftritt

DER DERWISCH AL-HAFI. SALADIN. SITTAH.

AL-HAFI.   Die Gelder aus
Ägypten sind vermutlich angelangt.
Wenn's nur fein viel ist.

SALADIN.   Hast du Nachricht?

AL-HAFI.   Ich?

Ich nicht. Ich denke, dass ich hier sie in
Empfang soll nehmen.
SALADIN.   Zahl an Sittah tausend
Dinare! *(In Gedanken hin und her gehend.)*
AL-HAFI.   Zahl! anstatt, empfang! O schön!   920
Das ist für Was noch weniger als Nichts. –
An Sittah? – wiederum an Sittah? Und
Verloren? – wiederum im Schach verloren? –
Da steht es noch das Spiel!
SITTAH.   Du gönnst mir doch
Mein Glück?
AL-HAFI *(das Spiel betrachtend)*.
                    Was gönnen? Wenn – Ihr wisst ja wohl.
SITTAH *(ihm winkend)*. Bst! Hafi! bst!
AL-HAFI *(noch auf das Spiel gerichtet)*.
                              Gönnt's Euch nur selber erst!
SITTAH. Al-Hafi! bst!
AL-HAFI *(zu Sittah)*.   Die Weißen waren Euer?
Ihr bietet Schach?
SITTAH.   Gut, dass er nichts gehört!
AL-HAFI. Nun ist der Zug an ihm?
SITTAH *(ihm näher tretend)*.   So sage doch,
Dass ich mein Geld bekommen kann.
AL-HAFI *(noch auf das Spiel geheftet)*.   Nun ja;   930
Ihr sollt's bekommen, wie Ihr's stets bekommen.
SITTAH. Wie? bist du toll?
AL-HAFI.   Das Spiel ist ja nicht aus.
Ihr habt ja nicht verloren, Saladin.
SALADIN *(kaum hinhörend)*.
Doch! doch! Bezahl! bezahl!
AL-HAFI.   Bezahl! bezahl!
Da steht ja Eure Königin.
SALADIN *(noch so)*.   Gilt nicht;
Gehört nicht mehr ins Spiel.
SITTAH.   So mach, und sag,
Dass ich das Geld mir nur kann holen lassen.

AL-HAFI *(noch immer in das Spiel vertieft).*
  Versteht sich, so wie immer. – Wenn auch schon;
  Wenn auch die Königin nichts gilt: Ihr seid
  Doch darum noch nicht matt.
SALADIN *(tritt hinzu und wirft das Spiel um).*
                              Ich bin es; will   940
  Es sein.
AL-HAFI.   Ja so! – Spiel wie Gewinst! So wie
  Gewonnen, so bezahlt.
SALADIN *(zu Sittah).*   Was sagt er? was?
SITTAH *(von Zeit zu Zeit dem Hafi winkend).*
  Du kennst ihn ja. Er sträubt sich gern; lässt gern
  Sich bitten; ist wohl gar ein wenig neidisch. –
SALADIN.
  Auf dich doch nicht? Auf meine Schwester nicht? –
  Was hör ich, Hafi? Neidisch? du?
AL-HAFI.   Kann sein!
  Kann sein! – Ich hätt ihr Hirn wohl lieber selbst;
  Wär lieber selbst so gut, als sie.
SITTAH.   Indes
  Hat er doch immer richtig noch bezahlt.
  Und wird auch heut bezahlen. Lass ihn nur! –   950
  Geh nur, Al-Hafi, geh! Ich will das Geld
  Schon holen lassen.
AL-HAFI.   Nein; ich spiele länger
  Die Mummerei nicht mit. Er muss es doch
  Einmal erfahren.
SALADIN.   Wer? und was?
SITTAH.   Al-Hafi!
  Ist dieses dein Versprechen? Hältst du so
  Mir Wort?
AL-HAFI.   Wie konnt ich glauben, dass es so
  Weit gehen würde.
SALADIN.   Nun? erfahr ich nichts?
SITTAH. Ich bitte dich, Al-Hafi; sei bescheiden.
SALADIN. Das ist doch sonderbar! Was könnte Sittah

So feierlich, so warm bei einem Fremden,   960
Bei einem Derwisch lieber, als bei mir,
Bei ihrem Bruder sich verbitten wollen.
Al-Hafi, nun befehl ich. – Rede, Derwisch!
SITTAH. Lass eine Kleinigkeit, mein Bruder, dir
Nicht näher treten, als sie würdig ist.
Du weißt, ich habe zu verschiednen Malen
Dieselbe Summ' im Schach von dir gewonnen.
Und weil ich itzt das Geld nicht nötig habe;
Weil itzt in Hafis Kasse doch das Geld
Nicht eben allzu häufig ist: so sind   970
Die Posten stehn geblieben. Aber sorgt
Nur nicht! Ich will sie weder dir, mein Bruder,
Noch Hafi, noch der Kasse schenken.
AL-HAFI.   Ja,
Wenn's das nur wäre! das!
SITTAH.   Und mehr dergleichen. –
Auch das ist in der Kasse stehn geblieben,
Was du mir einmal ausgeworfen; ist
Seit wenig Monden stehn geblieben.
AL-HAFI.   Noch
Nicht alles.
SALADIN.   Noch nicht? – Wirst du reden?
AL-HAFI. Seit aus Ägypten wir das Geld erwarten,
Hat sie ...
SITTAH *(zu Saladin)*.
              Wozu ihn hören?
AL-HAFI.   Nicht nur nichts   980
Bekommen ...
SALADIN.   Gutes Mädchen! – Auch beiher
Mit vorgeschossen. Nicht?
AL-HAFI.   Den ganzen Hof
Erhalten; Euern Aufwand ganz allein
Bestritten.
SALADIN.   Ha! das, das ist meine Schwester!
(Sie umarmend.)

SITTAH. Wer hatte, dies zu können, mich so reich
  Gemacht, als du, mein Bruder?
AL-HAFI.   Wird schon auch
  So bettelarm sie wieder machen, als
  Er selber ist.
SALADIN.   Ich arm? der Bruder arm?
  Wenn hab ich mehr? wenn weniger gehabt? –
  Ein Kleid, Ein Schwert, Ein Pferd, – und Einen
                         Gott!   990
  Was brauch ich mehr? wenn kann's an dem mir fehlen?
  Und doch, Al-Hafi, könnt ich mit dir schelten.
SITTAH. Schilt nicht, mein Bruder. Wenn ich unserm Vater
  Auch seine Sorgen so erleichtern könnte!
SALADIN. Ah! Ah! Nun schlägst du meine Freudigkeit
  Auf einmal wieder nieder! – Mir, für mich
  Fehlt nichts, und kann nichts fehlen. Aber ihm,
  Ihm fehlet; und in ihm uns allen. – Sagt,
  Was soll ich machen? – Aus Ägypten kommt
  Vielleicht noch lange nichts. Woran das liegt,   1000
  Weiß Gott. Es ist doch da noch alles ruhig. –
  Abbrechen, einziehn, sparen, will ich gern,
  Mir gern gefallen lassen; wenn es mich,
  Bloß mich betrifft; bloß mich, und niemand sonst
  Darunter leidet. – Doch was kann das machen?
  Ein Pferd, Ein Kleid, Ein Schwert, muss ich doch haben.
  Und meinem Gott ist auch nichts abzudingen.
  Ihm g'nügt schon so mit wenigem genug;
  Mit meinem Herzen. – Auf den Überschuss
  Von deiner Kasse, Hafi, hatt ich sehr   1010
  Gerechnet.
AL-HAFI.   Überschuss? – Sagt selber, ob
  Ihr mich nicht hättet spießen, wenigstens
  Mich drosseln lassen, wenn auf Überschuss
  Ich von Euch wär ergriffen worden. Ja,
  Auf Unterschleif! das war zu wagen.
SALADIN.   Nun,

Was machen wir denn aber? – Konntest du
Vorerst bei niemand andern borgen, als
Bei Sittah?

SITTAH.　　　Würd ich dieses Vorrecht, Bruder,
Mir haben nehmen lassen? Mir von ihm?
Auch noch besteh ich drauf. Noch bin ich auf 　　1020
Dem Trocknen völlig nicht.

SALADIN.　　　　　　Nur völlig nicht!
Das fehlte noch! – Geh gleich, mach Anstalt, Hafi!
Nimm auf bei wem du kannst! und wie du kannst!
Geh, borg, versprich. – Nur, Hafi, borge nicht
Bei denen, die ich reich gemacht. Denn borgen
Von diesen, möchte wiederfodern heißen.
Geh zu den Geizigsten; die werden mir
Am liebsten leihen. Denn sie wissen wohl,
Wie gut ihr Geld in meinen Händen wuchert.

AL-HAFI. Ich kenne deren keine.

SITTAH.　　　　　　Eben fällt 　　1030
Mir ein, gehört zu haben, Hafi, dass
Dein Freund zurückgekommen.

AL-HAFI *(betroffen).*　　　Freund? mein Freund?
Wer wär denn das?

SITTAH.　　　Dein hochgepriesner Jude.

AL-HAFI. Gepriesner Jude? hoch von mir?

SITTAH.　　　　　　Dem Gott, –
Mich denkt des Ausdrucks noch recht wohl, des einst
Du selber dich von ihm bedientest, – dem
Sein Gott von allen Gütern dieser Welt
Das Kleinst' und Größte so in vollem Maß
Erteilet habe. –

AL-HAFI.　　　Sagt ich so? – Was meint
Ich denn damit?

SITTAH.　　　Das Kleinste: Reichtum. Und 　　1040
Das Größte: Weisheit.

AL-HAFI.　　　Wie? von einem Juden?
Von einem Juden hätt ich das gesagt?

SITTAH. Das hättest du von deinem Nathan nicht
    Gesagt?
AL-HAFI.   Ja so! von dem! vom Nathan! – Fiel
    Mir der doch gar nicht bei. – Wahrhaftig? Der
    Ist endlich wieder heimgekommen? Ei!
    So mag's doch gar so schlecht mit ihm nicht stehn. –
    Ganz recht: den nannt einmal das Volk den Weisen!
    Den Reichen auch.
SITTAH.   Den Reichen nennt es ihn
    Itzt mehr als je. Die ganze Stadt erschallt,   1050
    Was er für Kostbarkeiten, was für Schätze,
    Er mitgebracht.
AL-HAFI.   Nun, ist's der Reiche wieder:
    So wird's auch wohl der Weise wieder sein.
SITTAH. Was meinst du, Hafi, wenn du diesen angingst?
AL-HAFI.
    Und was bei ihm? – Doch wohl nicht borgen? – Ja,
    Da kennt Ihr ihn. – Er borgen! – Seine Weisheit
    Ist eben, dass er niemand borgt.
SITTAH.   Du hast
    Mir sonst doch ganz ein ander Bild von ihm
    Gemacht.
AL-HAFI.   Zur Not wird er Euch Waren borgen.
    Geld aber, Geld? Geld nimmermehr! – Es ist   1060
    Ein Jude freilich übrigens, wie's nicht
    Viel Juden gibt. Er hat Verstand; er weiß
    Zu leben; spielt gut Schach. Doch zeichnet er
    Im Schlechten sich nicht minder, als im Guten
    Von allen andern Juden aus. – Auf den,
    Auf den nur rechnet nicht. – Den Armen gibt
    Er zwar; und gibt vielleicht trotz Saladin.
    Wenn schon nicht ganz so viel: doch ganz so gern;
    Doch ganz so sonder Ansehn. Jud' und Christ
    Und Muselmann und Parsi, alles ist   1070
    Ihm eins.
SITTAH.   Und so ein Mann …

SALADIN.   Wie kommt es denn,
   Dass ich von diesem Manne nie gehört? ...
SITTAH. Der sollte Saladin nicht borgen? nicht
   Dem Saladin, der nur für andre braucht,
   Nicht sich?
AL-HAFI.   Da seht nun gleich den Juden wieder;
   Den ganz gemeinen Juden! – Glaubt mir's doch! –
   Er ist aufs Geben Euch so eifersüchtig,
   So neidisch! Jedes Lohn von Gott, das in
   Der Welt gesagt wird, zög er lieber ganz
   Allein. Nur darum eben leiht er keinem,   1080
   Damit er stets zu geben habe. Weil
   Die Mild' ihm im Gesetz geboten; die
   Gefälligkeit ihm aber nicht geboten: macht
   Die Mild' ihn zu dem ungefälligsten
   Gesellen auf der Welt. Zwar bin ich seit
   Geraumer Zeit ein wenig übern Fuß
   Mit ihm gespannt; doch denkt nur nicht, dass ich
   Ihm darum nicht Gerechtigkeit erzeige.
   Er ist zu allem gut: bloß dazu nicht;
   Bloß dazu wahrlich nicht. Ich will auch gleich   1090
   Nur gehn, an andre Türen klopfen ... Da
   Besinn ich mich soeben eines Mohren,
   Der reich und geizig ist. – Ich geh; ich geh.
SITTAH. Was eilst du, Hafi?
SALADIN.   Lass ihn! lass ihn!

Dritter Auftritt

SITTAH. SALADIN.

SITTAH.   Eilt
   Er doch, als ob er mir nur gern entkäme! –
   Was heißt das? – Hat er wirklich sich in ihm
   Betrogen, oder – möcht er uns nur gern
   Betriegen?

SALADIN.   Wie? das fragst du mich? Ich weiß
  Ja kaum, von wem die Rede war; und höre
  Von euerm Juden, euerm Nathan, heut   1100
  Zum ersten Mal.
SITTAH.   Ist's möglich? dass ein Mann
  Dir so verborgen blieb, von dem es heißt,
  Er habe Salomons und Davids Gräber
  Erforscht, und wisse deren Siegel durch
  Ein mächtiges geheimes Wort zu lösen?
  Aus ihnen bring' er dann von Zeit zu Zeit
  Die unermesslichen Reichtümer an
  Den Tag, die keinen mindern Quell verrieten.
SALADIN. Hat seinen Reichtum dieser Mann aus Gräbern,
  So waren's sicherlich nicht Salomons,   1110
  Nicht Davids Gräber. Narren lagen da
  Begraben!
SITTAH.   Oder Bösewichter! – Auch
  Ist seines Reichtums Quelle weit ergiebiger
  Weit unerschöpflicher, als so ein Grab
  Voll Mammon.
SALADIN.   Denn er handelt; wie ich hörte.
SITTAH. Sein Saumtier treibt auf allen Straßen, zieht
  Durch alle Wüsten; seine Schiffe liegen
  In allen Häfen. Das hat mir wohl eh'
  Al-Hafi selbst gesagt; und voll Entzücken
  Hinzugefügt, wie groß, wie edel dieser   1120
  Sein Freund anwende, was so klug und emsig
  Er zu erwerben für zu klein nicht achte:
  Hinzugefügt, wie frei von Vorurteilen
  Sein Geist; sein Herz wie offen jeder Tugend,
  Wie eingestimmt mit jeder Schönheit sei.
SALADIN. Und itzt sprach Hafi doch so ungewiss,
  So kalt von ihm.
SITTAH.   Kalt nun wohl nicht; verlegen.
  Als halt' er's für gefährlich, ihn zu loben,
  Und woll' ihn unverdient doch auch nicht tadeln. –

Wie? oder wär es wirklich so, dass selbst   1130
  Der Beste seines Volkes seinem Volke
  Nicht ganz entfliehen kann? dass wirklich sich
  Al-Hafi seines Freunds von dieser Seite
  Zu schämen hätte? – Sei dem, wie ihm wolle! –
  Der Jude sei mehr oder weniger
  Als Jud', ist er nur reich: genug für uns!
SALADIN. Du willst ihm aber doch das Seine mit
  Gewalt nicht nehmen, Schwester?
SITTAH.   Ja, was heißt
  Bei dir Gewalt? Mit Feu'r und Schwert? Nein, nein,
  Was braucht es mit den Schwachen für Gewalt,   1140
  Als ihre Schwäche? – Komm vor itzt nur mit
  In meinen Haram, eine Sängerin
  Zu hören, die ich gestern erst gekauft.
  Es reift indes bei mir vielleicht ein Anschlag,
  Den ich auf diesen Nathan habe. – Komm!

Vierter Auftritt

Szene: vor dem Hause des Nathan, wo es an
die Palmen stößt.

RECHA *und* NATHAN *kommen heraus. Zu ihnen* DAJA.

RECHA. Ihr habt Euch sehr verweilt, mein Vater. Er
  Wird kaum noch mehr zu treffen sein.
NATHAN.   Nun, nun;
  Wenn hier, hier untern Palmen schon nicht mehr:
  Doch anderwärts. – Sei itzt nur ruhig. – Sieh!
  Kömmt dort nicht Daja auf uns zu?
RECHA.   Sie wird   1150
  Ihn ganz gewiss verloren haben.
NATHAN.   Auch
  Wohl nicht.
RECHA.   Sie würde sonst geschwinder kommen.
NATHAN. Sie hat uns wohl noch nicht gesehn ...

RECHA.   Nun sieht
Sie uns.

NATHAN. Und doppelt ihre Schritte. Sieh! –
Sei doch nur ruhig! ruhig!

RECHA.   Wolltet Ihr
Wohl eine Tochter, die hier ruhig wäre?
Sich unbekümmert ließe, wessen Wohltat
Ihr Leben sei? Ihr Leben, – das ihr nur
So lieb, weil sie es Euch zuerst verdanket.

NATHAN. Ich möchte dich nicht anders, als du bist: 1160
Auch wenn ich wüsste, dass in deiner Seele
Ganz etwas anders noch sich rege.

RECHA.   Was,
Mein Vater?

NATHAN.   Fragst du mich? so schüchtern mich?
Was auch in deinem Innern vorgeht, ist
Natur und Unschuld. Lass es keine Sorge
Dir machen. Mir, mir macht es keine. Nur
Versprich mir: wenn dein Herz vernehmlicher
Sich einst erklärt, mir seiner Wünsche keinen
Zu bergen.

RECHA.   Schon die Möglichkeit, mein Herz
Euch lieber zu verhüllen, macht mich zittern.   1170

NATHAN. Nichts mehr hiervon! Das ein für alle Mal
Ist abgetan. – Da ist ja Daja. – Nun?

DAJA. Noch wandelt er hier untern Palmen; und
Wird gleich um jene Mauer kommen. – Seht,
Da kömmt er!

RECHA.   Ah! und scheinet unentschlossen,
Wohin? ob weiter? ob hinab? ob rechts?
Ob links?

DAJA.   Nein, nein; er macht den Weg ums Kloster
Gewiss noch öfter; und dann muss er hier
Vorbei. – Was gilt's?

RECHA.   Recht! recht! – Hast du ihn schon
Gesprochen? Und wie ist er heut?

DAJA.   Wie immer.   1180
NATHAN. So macht nur, dass er euch hier nicht gewahr
  Wird. Tretet mehr zurück. Geht lieber ganz
  Hinein.
RECHA.   Nur einen Blick noch! – Ah! die Hecke,
  Die mir ihn stiehlt.
DAJA.   Kommt! kommt! Der Vater hat
  Ganz recht. Ihr lauft Gefahr, wenn er Euch sieht,
  Dass auf der Stell' er umkehrt.
RECHA.   Ah! die Hecke!
NATHAN. Und kömmt er plötzlich dort aus ihr hervor:
  So kann er anders nicht, er muss euch sehn.
  Drum geht doch nur!
DAJA.   Kommt! kommt! Ich weiß ein Fenster,
  Aus dem wir sie bemerken können.
RECHA.   Ja?   1190
  (*Beide hinein.*)

Fünfter Auftritt

NATHAN *und bald darauf der* TEMPELHERR.

NATHAN. Fast scheu ich mich des Sonderlings. Fast macht
  Mich seine raue Tugend stutzen. Dass
  Ein Mensch doch einen Menschen so verlegen
  Soll machen können! – Ha! er kömmt. – Bei Gott!
  Ein Jüngling wie ein Mann. Ich mag ihn wohl
  Den guten, trotz'gen Blick! den prallen Gang!
  Die Schale kann nur bitter sein: der Kern
  Ist's sicher nicht. – Wo sah ich doch dergleichen? –
  Verzeihet, edler Franke ...
TEMPELHERR.   Was?
NATHAN.   Erlaubt ...
TEMPELHERR. Was, Jude? was?
NATHAN.   Dass ich mich untersteh,   1200
  Euch anzureden.

TEMPELHERR.   Kann ich's wehren? Doch
    Nur kurz.
NATHAN.   Verzieht, und eilet nicht so stolz,
    Nicht so verächtlich einem Mann vorüber,
    Den Ihr auf ewig Euch verbunden habt.
TEMPELHERR.
    Wie das? – Ah, fast errat ich's. Nicht? Ihr seid ...
NATHAN. Ich heiße Nathan; bin des Mädchens Vater,
    Das Eure Großmut aus dem Feu'r gerettet;
    Und komme ...
TEMPELHERR.   Wenn zu danken: – spart's! Ich hab
    Um diese Kleinigkeit des Dankes schon
    Zu viel erdulden müssen. – Vollends Ihr,   1210
    Ihr seid mir gar nichts schuldig. Wusst ich denn,
    Dass dieses Mädchen Eure Tochter war?
    Es ist der Tempelherren Pflicht, dem Ersten
    Dem Besten beizuspringen, dessen Not
    Sie sehn. Mein Leben war mir ohnedem
    In diesem Augenblicke lästig. Gern,
    Sehr gern ergriff ich die Gelegenheit,
    Es für ein andres Leben in die Schanze
    Zu schlagen: für ein andres – wenn's auch nur
    Das Leben einer Jüdin wäre.
NATHAN.   Groß!   1220
    Groß und abscheulich! – Doch die Wendung lässt
    Sich denken. Die bescheidne Größe flüchtet
    Sich hinter das Abscheuliche, um der
    Bewundrung auszuweichen. – Aber wenn
    Sie so das Opfer der Bewunderung
    Verschmäht: was für ein Opfer denn verschmäht
    Sie minder? – Ritter, wenn Ihr hier nicht fremd,
    Und nicht gefangen wäret, würd ich Euch
    So dreist nicht fragen. Sagt, befehlt: womit
    Kann man Euch dienen?
TEMPELHERR.   Ihr? Mit nichts.
NATHAN.   Ich bin   1230
    Ein reicher Mann.

TEMPELHERR.   Der reichre Jude war
  Mir nie der bessre Jude.
NATHAN.   Dürft Ihr denn
  Darum nicht nützen, was dem ungeachtet
  Er Bessres hat? nicht seinen Reichtum nützen?
TEMPELHERR.
  Nun gut, das will ich auch nicht ganz verreden;
  Um meines Mantels willen nicht. Sobald
  Der ganz und gar verschlissen; weder Stich
  Noch Fetze länger halten will: komm ich
  Und borge mir bei Euch zu einem neuen,
  Tuch oder Geld. – Seht nicht mit eins so finster!   1240
  Noch seid Ihr sicher; noch ist's nicht so weit
  Mit ihm. Ihr seht; er ist so ziemlich noch
  Im Stande. Nur der eine Zipfel da
  Hat einen garst'gen Fleck; er ist versengt.
  Und das bekam er, als ich Eure Tochter
  Durchs Feuer trug.
NATHAN *(der nach dem Zipfel greift und ihn betrachtet).*
                    Es ist doch sonderbar,
  Dass so ein böser Fleck, dass so ein Brandmal
  Dem Mann ein bessres Zeugnis redet, als
  Sein eigner Mund. Ich möcht ihn küssen gleich –
  Den Flecken! – Ah, verzeiht! – Ich tat es ungern.   1250
TEMPELHERR. Was?
NATHAN.   Eine Träne fiel darauf.
TEMPELHERR.   Tut nichts!
  Er hat der Tropfen mehr. – (Bald aber fängt
  Mich dieser Jud' an zu verwirren.)
NATHAN.   Wärt
  Ihr wohl so gut, und schicktet Euern Mantel
  Auch einmal meinem Mädchen?
TEMPELHERR.   Was damit?
NATHAN. Auch ihren Mund auf diesen Fleck zu drücken.
  Denn Eure Kniee selber zu umfassen,
  Wünscht sie nun wohl vergebens.

TEMPELHERR.   Aber, Jude –
  Ihr heißet Nathan? – Aber, Nathan – Ihr
  Setzt Eure Worte sehr – sehr gut – sehr spitz –   1260
  Ich bin betreten – Allerdings – ich hätte ...
NATHAN. Stellt und verstellt Euch, wie Ihr wollt. Ich find
  Auch hier Euch aus. Ihr wart zu gut, zu bieder,
  Um höflicher zu sein. – Das Mädchen, ganz
  Gefühl; der weibliche Gesandte, ganz
  Dienstfertigkeit; der Vater weit entfernt –
  Ihr trugt für ihren guten Namen Sorge;
  Floht ihre Prüfung; floht, um nicht zu siegen.
  Auch dafür dank ich Euch –
TEMPELHERR.   Ich muss gestehn,
  Ihr wisst, wie Tempelherren denken sollten.   1270
NATHAN. Nur Tempelherren? sollten bloß? und bloß
  Weil es die Ordensregeln so gebieten?
  Ich weiß, wie gute Menschen denken; weiß,
  Dass alle Länder gute Menschen tragen.
TEMPELHERR. Mit Unterschied, doch hoffentlich?
NATHAN.   Jawohl;
  An Farb', an Kleidung, an Gestalt verschieden.
TEMPELHERR. Auch hier bald mehr, bald weniger, als dort.
NATHAN. Mit diesem Unterschied ist's nicht weit her.
  Der große Mann braucht überall viel Boden;
  Und mehrere, zu nah gepflanzt, zerschlagen   1280
  Sich nur die Äste. Mittelgut, wie wir,
  Find't sich hingegen überall in Menge.
  Nur muss der eine nicht den andern mäkeln.
  Nur muss der Knorr den Knuppen hübsch vertragen.
  Nur muss ein Gipfelchen sich nicht vermessen,
  Dass es allein der Erde nicht entschossen.
TEMPELHERR.
  Sehr wohl gesagt! – Doch kennt Ihr auch das Volk,
  Das diese Menschenmäkelei zuerst
  Getrieben? Wisst Ihr, Nathan, welches Volk
  Zuerst das auserwählte Volk sich nannte?   1290

Wie? wenn ich dieses Volk nun, zwar nicht hasste,
Doch wegen seines Stolzes zu verachten,
Mich nicht entbrechen könnte? Seines Stolzes;
Den es auf Christ und Muselmann vererbte,
Nur sein Gott sei der rechte Gott! – Ihr stutzt,
Dass ich, ein Christ, ein Tempelherr, so rede?
Wenn hat, und wo die fromme Raserei,
Den bessern Gott zu haben, diesen bessern
Der ganzen Welt als Besten aufzudringen,
In ihrer schwärzesten Gestalt sich mehr   1300
Gezeigt, als hier, als itzt? Wem hier, wem itzt
Die Schuppen nicht vom Auge fallen ... Doch
Sei blind, wer will! – Vergesst, was ich gesagt;
Und lasst mich! *(Will gehen.)*

NATHAN.   Ha! Ihr wisst nicht, wie viel fester
Ich nun mich an Euch drängen werde. – Kommt,
Wir müssen, müssen Freunde sein! – Verachtet
Mein Volk so sehr Ihr wollt. Wir haben beide
Uns unser Volk nicht auserlesen. Sind
Wir unser Volk? Was heißt denn Volk?
Sind Christ und Jude eher Christ und Jude,   1310
Als Mensch? Ah! wenn ich einen mehr in Euch
Gefunden hätte, dem es g'nügt, ein Mensch
Zu heißen!

TEMPELHERR.   Ja, bei Gott, das habt Ihr, Nathan!
Das habt Ihr! – Eure Hand! – Ich schäme mich
Euch einen Augenblick verkannt zu haben.

NATHAN. Und ich bin stolz darauf. Nur das Gemeine
Verkennt man selten.

TEMPELHERR.   Und das Seltene
Vergisst man schwerlich. – Nathan, ja;
Wir müssen, müssen Freunde werden.

NATHAN.   Sind
Es schon. – Wie wird sich meine Recha freuen! –   1320
Und ah! welch eine heitre Ferne schließt
Sich meinen Blicken auf! – Kennt sie nur erst!

TEMPELHERR. Ich brenne vor Verlangen – Wer stürzt dort
   Aus Euerm Hause? Ist's nicht ihre Daja?
NATHAN. Jawohl. So ängstlich?
TEMPELHERR.   Unsrer Recha ist
   Doch nichts begegnet?

Sechster Auftritt

Die VORIGEN *und* DAJA *eilig.*

DAJA.   Nathan! Nathan!
NATHAN.   Nun?
DAJA. Verzeihet, edler Ritter, dass ich Euch
   Muss unterbrechen.
NATHAN.   Nun, was ist's?
TEMPELHERR.   Was ist's?
DAJA. Der Sultan hat geschickt. Der Sultan will
   Euch sprechen. Gott, der Sultan!
NATHAN.   Mich? der Sultan?   1330
   Er wird begierig sein, zu sehen, was
   Ich Neues mitgebracht. Sag nur, es sei
   Noch wenig oder gar nichts ausgepackt.
DAJA. Nein, nein; er will nichts sehen; will Euch sprechen,
   Euch in Person, und bald; sobald Ihr könnt.
NATHAN. Ich werde kommen. – Geh nur wieder, geh!
DAJA. Nehmt ja nicht übel auf, gestrenger Ritter. –
   Gott, wir sind so bekümmert, was der Sultan
   Doch will.
NATHAN.   Das wird sich zeigen. Geh nur, geh!

Siebenter Auftritt

NATHAN *und der* TEMPELHERR.

TEMPELHERR.
   So kennt Ihr ihn noch nicht? – ich meine, von   1340
   Person.

NATHAN. Den Saladin? Noch nicht. Ich habe
  Ihn nicht vermieden, nicht gesucht zu kennen.
  Der allgemeine Ruf sprach viel zu gut
  Von ihm, dass ich nicht lieber glauben wollte,
  Als sehn. Doch nun, – wenn anders dem so ist, –
  Hat er durch Sparung Eures Lebens ...
TEMPELHERR.   Ja;
  Dem allerdings ist so. Das Leben, das
  Ich leb, ist sein Geschenk.
NATHAN.   Durch das er mir
  Ein doppelt, dreifach Leben schenkte. Dies
  Hat alles zwischen uns verändert; hat   1350
  Mit eins ein Seil mir umgeworfen, das
  Mich seinem Dienst auf ewig fesselt. Kaum,
  Und kaum, kann ich es nun erwarten, was
  Er mir zuerst befehlen wird. Ich bin
  Bereit zu allem; bin bereit ihm zu
  Gestehn, dass ich es Euertwegen bin.
TEMPELHERR.
  Noch hab ich selber ihm nicht danken können:
  Sooft ich auch ihm in den Weg getreten.
  Der Eindruck, den ich auf ihn machte, kam
  So schnell, als schnell er wiederum verschwunden.   1360
  Wer weiß, ob er sich meiner gar erinnert.
  Und dennoch muss er, einmal wenigstens,
  Sich meiner noch erinnern, um mein Schicksal
  Ganz zu entscheiden. Nicht genug, dass ich
  Auf sein Geheiß noch bin, mit seinem Willen
  Noch leb: ich muss nun auch von ihm erwarten,
  Nach wessen Willen ich zu leben habe.
NATHAN. Nicht anders; umso mehr will ich nicht säumen. –
  Es fällt vielleicht ein Wort, das mir, auf Euch
  Zu kommen, Anlass gibt. – Erlaubt, verzeiht –   1370
  Ich eile – Wenn, wenn aber sehn wir Euch
  Bei uns?
TEMPELHERR. Sobald ich darf.

NATHAN.   Sobald Ihr wollt.

TEMPELHERR. Noch heut.

NATHAN.   Und Euer Name? – muss ich bitten.

TEMPELHERR.
  Mein Name war – ist Curd von Stauffen. – Curd!

NATHAN. Von Stauffen? – Stauffen? – Stauffen?

TEMPELHERR.   Warum fällt
  Euch das so auf?

NATHAN.   Von Stauffen? – Des Geschlechts
  Sind wohl schon mehrere ...

TEMPELHERR.   O ja! hier waren,
  Hier faulen des Geschlechts schon mehrere.
  Mein Oheim selbst, – mein Vater will ich sagen, –
  Doch warum schärft sich Euer Blick auf mich   1380
  Je mehr und mehr?

NATHAN.   O nichts! o nichts! Wie kann
  Ich Euch zu sehn ermüden?

TEMPELHERR.   Drum verlass
  Ich Euch zuerst. Der Blick des Forschers fand
  Nicht selten mehr, als er zu finden wünschte.
  Ich fürcht ihn, Nathan. Lasst die Zeit allmählig.
  Und nicht die Neugier, unsre Kundschaft machen.
  (Er geht.)

NATHAN *(der ihm mit Erstaunen nachsieht)*.
  »Der Forscher fand nicht selten mehr, als er
  Zu finden wünschte.« – Ist es doch, als ob
  In meiner Seel' er lese! – Wahrlich ja;
  Das könnt auch mir begegnen. – Nicht allein   1390
  Wolfs Wuchs, Wolfs Gang: auch seine Stimme. So,
  Vollkommen so, warf Wolf sogar den Kopf;
  Trug Wolf sogar das Schwert im Arm', strich Wolf
  Sogar die Augenbraunen mit der Hand,
  Gleichsam das Feuer seines Blicks zu bergen. –
  Wie solche tiefgeprägte Bilder doch
  Zuzeiten in uns schlafen können, bis
  Ein Wort, ein Laut sie weckt. – Von Stauffen! –

Ganz recht, ganz recht; Filnek und Stauffen. –
Ich will das bald genauer wissen; bald.   1400
Nur erst zum Saladin. – Doch wie? lauscht dort
Nicht Daja? – Nun so komm nur näher, Daja.

Achter Auftritt

DAJA. NATHAN.

NATHAN.
  Was gilt's? nun drückt's euch beiden schon das Herz,
  Noch ganz was anders zu erfahren, als
  Was Saladin mir will.
DAJA.   Verdenkt Ihr's ihr?
  Ihr fingt soeben an, vertraulicher
  Mit ihm zu sprechen: als des Sultans Botschaft
  Uns von dem Fenster scheuchte.
NATHAN.   Nun so sag
  Ihr nur, dass sie ihn jeden Augenblick
  Erwarten darf.
DAJA.   Gewiss? gewiss?
NATHAN.   Ich kann   1410
  Mich doch auf dich verlassen, Daja? Sei
  Auf deiner Hut; ich bitte dich. Es soll
  Dich nicht gereuen. Dein Gewissen selbst
  Soll seine Rechnung dabei finden. Nur
  Verdirb mir nichts in meinem Plane. Nur
  Erzähl und frage mit Bescheidenheit,
  Mit Rückhalt ...
DAJA.   Dass Ihr doch noch erst, so was
  Erinnern könnt! – Ich geh; geht Ihr nur auch.
  Denn seht! ich glaube gar, da kömmt vom Sultan
  Ein zweiter Bot', Al-Hafi, Euer Derwisch.   1420
  (Geht ab.)

Neunter Auftritt

NATHAN. AL-HAFI.

AL-HAFI. Ha! ha! zu Euch wollt ich nun eben wieder.
NATHAN. Ist's denn so eilig? Was verlangt er denn
　Von mir?
AL-HAFI. 　Wer?
NATHAN. 　　　　Saladin. – Ich komm, ich komme.
AL-HAFI. Zu wem? Zum Saladin?
NATHAN. 　　　　　　　Schickt Saladin
　Dich nicht?
AL-HAFI. 　　Mich? nein. Hat er denn schon geschickt?
NATHAN. Ja freilich hat er.
AL-HAFI. 　　　　　Nun, so ist es richtig.
NATHAN. Was? was ist richtig?
AL-HAFI. 　　　　　　　Dass ... ich bin nicht schuld;
　Gott weiß, ich bin nicht schuld. – Was hab ich nicht
　Von Euch gesagt, gelogen, um es abzuwenden!
NATHAN. Was abzuwenden? Was ist richtig?
AL-HAFI. 　　　　　　　　Dass　　　1430
　Nun Ihr sein Defterdar geworden. Ich
　Betaur' Euch. Doch mit ansehn will ich's nicht.
　Ich geh von Stund an; geh, Ihr habt es schon
　Gehört, wohin; und wisst den Weg. – Habt Ihr
　Des Wegs was zu bestellen; sagt: ich bin
　Zu Diensten. Freilich muss es mehr nicht sein,
　Als was ein Nackter mit sich schleppen kann.
　Ich geh, sagt bald.
NATHAN. 　　　Besinn dich doch, Al-Hafi.
　Besinn dich, dass ich noch von gar nichts weiß.
　Was plauderst du denn da?
AL-HAFI. 　　　　　Ihr bringt sie doch　　1440
　Gleich mit, die Beutel?
NATHAN. 　　　　Beutel?
AL-HAFI. 　　　　　　Nun, das Geld,
　Das Ihr dem Saladin vorschießen sollt.

NATHAN. Und weiter ist es nichts?

AL-HAFI.   Ich sollt' es wohl
  Mit ansehn, wie er Euch von Tag zu Tag
  Aushöhlen wird bis auf die Zehen? Sollt'
  Es wohl mit ansehn, dass Verschwendung aus
  Der weisen Milde sonst nie leeren Scheuern
  So lange borgt, und borgt, und borgt, bis auch
  Die armen eingebornen Mäuschen drin
  Verhungern? – Bildet Ihr vielleicht Euch ein,   1450
  Wer Euers Gelds bedürftig sei, der werde
  Doch Euerm Rate wohl auch folgen? – Ja;
  Er Rate folgen! Wenn hat Saladin
  Sich raten lassen? – Denkt nur, Nathan, was
  Mir eben itzt mit ihm begegnet.

NATHAN.   Nun?

AL-HAFI. Da komm ich zu ihm, eben dass er Schach
  Gespielt mit seiner Schwester. Sittah spielt
  Nicht übel; und das Spiel, das Saladin
  Verloren glaubte, schon gegeben hatte,
  Das stand noch ganz so da. Ich seh Euch hin,   1460
  Und sehe, dass das Spiel noch lange nicht
  Verloren.

NATHAN.   Ei! das war für dich ein Fund!

AL-HAFI. Er durfte mit dem König an den Bauer
  Nur rücken, auf ihr Schach – Wenn ich's Euch gleich
  Nur zeigen könnte!

NATHAN.   O ich traue dir!

AL-HAFI. Denn so bekam der Roche Feld: und sie
  War hin. – Das alles will ich ihm nun weisen
  Und ruf ihn. – Denkt! ...

NATHAN.   Er ist nicht deiner Meinung?

AL-HAFI. Er hört mich gar nicht an, und wirft verächtlich
  Das ganze Spiel in Klumpen.

NATHAN.   Ist das möglich?   1470

AL-HAFI. Und sagt: er wolle matt nun einmal sein;
  Er wolle! Heißt das spielen?

NATHAN.   Schwerlich wohl;
  Heißt mit dem Spiele spielen.
AL-HAFI.   Gleichwohl galt
  Es keine taube Nuss.
NATHAN.   Geld hin, Geld her!
  Das ist das Wenigste. Allein dich gar
  Nicht anzuhören! über einen Punkt
  Von solcher Wichtigkeit dich nicht einmal
  Zu hören! deinen Adlerblick nicht zu
  Bewundern! das, das schreit um Rache; nicht?
AL-HAFI. Ach was? Ich sag Euch das nur so, damit   1480
  Ihr sehen könnt, was für ein Kopf er ist.
  Kurz, ich, ich halt's mit ihm nicht länger aus.
  Da lauf ich nun bei allen schmutz'gen Mohren
  Herum, und frage, wer ihm borgen will.
  Ich, der ich nie für mich gebettelt habe,
  Soll nun für andre borgen. Borgen ist
  Viel besser nicht als betteln: so wie leihen,
  Auf Wucher leihen, nicht viel besser ist,
  Als stehlen. Unter meinen Ghebern, an
  Dem Ganges, brauch ich beides nicht, und brauche   1490
  Das Werkzeug beider nicht zu sein. Am Ganges,
  Am Ganges nur gibt's Menschen. Hier seid Ihr
  Der Einzige, der noch so würdig wäre,
  Dass er am Ganges lebte. – Wollt Ihr mit? –
  Lasst ihm mit eins den Plunder ganz im Stiche,
  Um den es ihm zu tun. Er bringt Euch nach
  Und nach doch drum. So wär die Plackerei
  Auf einmal aus. Ich schaff Euch einen Delk.
  Kommt! kommt!
NATHAN.   Ich dächte zwar, das blieb' uns ja
  Noch immer übrig. Doch, Al-Hafi, will   1500
  Ich's überlegen. Warte ...
AL-HAFI.   Überlegen?
  Nein, so was überlegt sich nicht.
NATHAN.   Nur bis

Ich von dem Sultan wiederkomme; bis
Ich Abschied erst ...
AL-HAFI.   Wer überlegt, der sucht
Bewegungsgründe, nicht zu dürfen. Wer
Sich Knall und Fall, ihm selbst zu leben, nicht
Entschließen kann, der lebet andrer Sklav'
Auf immer. – Wie Ihr wollt! – Lebt wohl! wie's Euch
Wohl dünkt. – Mein Weg liegt dort; und Eurer da.
NATHAN. Al-Hafi! Du wirst selbst doch erst das Deine   1510
Berichtigen?
AL-HAFI.   Ach Possen! Der Bestand
Von meiner Kass' ist nicht des Zählens wert;
Und meine Rechnung bürgt – Ihr oder Sittah.
Lebt wohl! *(Ab.)*
NATHAN *(ihm nachsehend).*
              Die bürg ich! – Wilder, guter, edler –
Wie nenn ich ihn? – Der wahre Bettler ist
Doch einzig und allein der wahre König!
(Von einer andern Seite ab.)

Dritter Aufzug

Erster Auftritt

Szene: in Nathans Hause.

RECHA *und* DAJA.

RECHA. Wie, Daja, drückte sich mein Vater aus?
»Ich dürf ihn jeden Augenblick erwarten?«
Das klingt – nicht wahr? – als ob er noch so bald
Erscheinen werde. – Wie viel Augenblicke   1520
Sind aber schon vorbei! – Ah nun: wer denkt
An die verflossenen? – Ich will allein
In jedem nächsten Augenblicke leben.
Er wird doch einmal kommen, der ihn bringt.
DAJA. O der verwünschten Botschaft von dem Sultan!
Denn Nathan hätte sicher ohne sie
Ihn gleich mit hergebracht.
RECHA.   Und wenn er nun
Gekommen dieser Augenblick; wenn denn
Nun meiner Wünsche wärmster, innigster
Erfüllet ist: was dann? – was dann?
DAJA.   Was dann?   1530
Dann hoff ich, dass auch meiner Wünsche wärmster
Soll in Erfüllung gehen.
RECHA.   Was wird dann
In meiner Brust an dessen Stelle treten,
Die schon verlernt, ohn einen herrschenden
Wunsch aller Wünsche sich zu dehnen? – Nichts?
Ah, ich erschrecke! ...
DAJA.   Mein, mein Wunsch wird dann
An des erfüllten Stelle treten; meiner.
Mein Wunsch, dich in Europa, dich in Händen
Zu wissen, welche deiner würdig sind.   1539
RECHA. Du irrst. – Was diesen Wunsch zu deinem macht,

Das Nämliche verhindert, dass er meiner
Je werden kann. Dich zieht dein Vaterland:
Und meines, meines sollte mich nicht halten?
Ein Bild der Deinen, das in deiner Seele
Noch nicht verloschen, sollte mehr vermögen,
Als die ich sehn, und greifen kann, und hören,
Die Meinen?

DAJA.   Sperre dich, soviel du willst!
Des Himmels Wege sind des Himmels Wege.
Und wenn es nun dein Retter selber wäre,
Durch den sein Gott, für den er kämpft, dich in   1550
Das Land, dich zu dem Volke führen wollte,
Für welche du geboren wurdest?

RECHA.   Daja!
Was sprichst du da nun wieder, liebe Daja!
Du hast doch wahrlich deine sonderbaren
Begriffe! »Sein, sein Gott! für den er kämpft!«
Wem eignet Gott? was ist das für ein Gott,
Der einem Menschen eignet? der für sich
Muss kämpfen lassen? – Und wie weiß
Man denn, für welchen Erdkloß man geboren,
Wenn man's für den nicht ist, auf welchem man   1560
Geboren? – Wenn mein Vater dich so hörte! –
Was tat er dir, mir immer nur mein Glück
So weit von ihm als möglich vorzuspiegeln?
Was tat er dir, den Samen der Vernunft,
Den er so rein in meine Seele streute,
Mit deines Landes Unkraut oder Blumen
So gern zu mischen? – Liebe, liebe Daja,
Er will nun deine bunten Blumen nicht
Auf meinem Boden! – Und ich muss dir sagen,
Ich selber fühle meinen Boden, wenn   1570
Sie noch so schön ihn kleiden, so entkräftet,
So ausgezehrt durch deine Blumen; fühle
In ihrem Dufte, sauersüßem Dufte,
Mich so betäubt, so schwindelnd! – Dein Gehirn

Ist dessen mehr gewohnt. Ich tadle drum
Die stärkern Nerven nicht, die ihn vertragen.
Nur schlägt er mir nicht zu; und schon dein Engel,
Wie wenig fehlte, dass er mich zur Närrin
Gemacht? – Noch schäm ich mich vor meinem Vater
Der Posse!

DAJA.   Posse! – Als ob der Verstand   1580
Nur hier zu Hause wäre! Posse! Posse!
Wenn ich nur reden dürfte!

RECHA.   Darfst du nicht?
Wenn war ich nicht ganz Ohr, sooft es dir
Gefiel, von deinen Glaubenshelden mich
Zu unterhalten? Hab ich ihren Taten
Nicht stets Bewunderung; und ihren Leiden
Nicht immer Tränen gern gezollt? Ihr Glaube
Schien freilich mir das Heldenmäßigste
An ihnen nie. Doch so viel tröstender
War mir die Lehre, dass Ergebenheit   1590
In Gott von unserm Wähnen über Gott
So ganz und gar nicht abhängt. – Liebe Daja,
Das hat mein Vater uns so oft gesagt;
Darüber hast du selbst mit ihm so oft
Dich einverstanden: warum untergräbst
Du denn allein, was du mit ihm zugleich
Gebauet? – Liebe Daja, das ist kein
Gespräch, womit wir unserm Freund' am besten
Entgegensehn. Für mich zwar, ja! Denn mir,
Mir liegt daran unendlich, ob auch er ...   1600
Horch, Daja! – Kommt es nicht an unsre Türe?
Wenn Er es wäre! horch!

Zweiter Auftritt

RECHA. DAJA *und der* TEMPELHERR, *dem jemand von außen*
die Türe öffnet, mit den Worten:

Nur hier herein!

RECHA *(fährt zusammen, fasst sich, und will ihm zu Füßen*
fallen). Er ist's – Mein Retter, ah!

TEMPELHERR.   Dies zu vermeiden
Erschien ich bloß so spät: und doch –

RECHA.   Ich will
Ja zu den Füßen dieses stolzen Mannes
Nur Gott noch einmal danken; nicht dem Manne.
Der Mann will keinen Dank; will ihn so wenig
Als ihn der Wassereimer will, der bei
Dem Löschen so geschäftig sich erwiesen.
Der ließ sich füllen, ließ sich leeren, mir   1610
Nichts, dir nichts: also auch der Mann. Auch der
Ward nun so in die Glut hineingestoßen;
Da fiel ich ungefähr ihm in den Arm;
Da blieb ich ungefähr, so wie ein Funken
Auf seinem Mantel, ihm in seinen Armen;
Bis wiederum, ich weiß nicht was, uns beide
Herausschmiss aus der Glut. – Was gibt es da
Zu danken? – In Europa treibt der Wein
Zu noch weit andern Taten. – Tempelherren,
Die müssen einmal nun so handeln; müssen   1620
Wie etwas besser zugelernte Hunde,
Sowohl aus Feuer, als aus Wasser holen.

TEMPELHERR *(der sie mit Erstaunen und Unruhe die Zeit über*
betrachtet). O Daja, Daja! Wenn in Augenblicken
Des Kummers und der Galle, meine Laune
Dich übel anließ, warum jede Torheit,
Die meiner Zung' entfuhr, ihr hinterbringen?
Das hieß sich zu empfindlich rächen, Daja!
Doch wenn du nur von nun an, besser mich
Bei ihr vertreten willst.

DAJA.   Ich denke, Ritter,
Ich denke nicht, dass diese kleinen Stacheln,   1630
Ihr an das Herz geworfen, Euch da sehr
Geschadet haben.
RECHA.   Wie? Ihr hattet Kummer?
Und wart mit Euerm Kummer geiziger
Als Euerm Leben?
TEMPELHERR.   Gutes, holdes Kind! –
Wie ist doch meine Seele zwischen Auge
Und Ohr geteilt! – Das war das Mädchen nicht,
Nein, nein, das war es nicht, das aus dem Feuer
Ich holte. – Denn wer hätte die gekannt,
Und aus dem Feuer nicht geholt? Wer hätte
Auf mich gewartet? – Zwar – verstellt – der Schreck   1640
(Pause, unter der er, in Anschauung ihrer, sich wie verliert.)
RECHA. Ich aber find Euch noch den Nämlichen. –
(Dergleichen; bis sie fortfährt, um ihn in seinem Anstaunen
zu unterbrechen.)
Nun, Ritter, sagt uns doch, wo Ihr so lange
Gewesen? – Fast dürft ich auch fragen: wo
Ihr itzo seid?
TEMPELHERR.   Ich bin, – wo ich vielleicht
Nicht sollte sein. –
RECHA.   Wo Ihr gewesen? – Auch
Wo Ihr vielleicht nicht solltet sein gewesen?
Das ist nicht gut.
TEMPELHERR.   Auf – auf – wie heißt der Berg?
Auf Sinai.
RECHA.   Auf Sinai? – Ah schön!
Nun kann ich zuverlässig doch einmal
Erfahren, ob es wahr ...
TEMPELHERR.   Was? was? Ob's wahr,   1650
Dass noch daselbst der Ort zu sehn, wo Moses
Vor Gott gestanden, als ...
RECHA.   Nun das wohl nicht.
Denn wo er stand, stand er vor Gott. Und davon

Ist mir zur G'nüge schon bekannt. – Ob's wahr,
Möcht ich nur gern von Euch erfahren, dass –
Dass es bei weitem nicht so mühsam sei,
Auf diesen Berg hinaufzusteigen, als
Herab? – Denn seht; so viel ich Berge noch
Gestiegen bin, war's just das Gegenteil. –
Nun, Ritter? – Was? – Ihr kehrt Euch von mir ab? 1660
Wollt mich nicht sehn?

TEMPELHERR.   Weil ich Euch hören will.

RECHA. Weil Ihr mich nicht wollt merken lassen, dass
Ihr meiner Einfalt lächelt; dass Ihr lächelt,
Wie ich Euch doch so gar nichts Wichtigers
Von diesem heiligen Berg' aller Berge
Zu fragen weiß? Nicht wahr?

TEMPELHERR.   So muss
Ich doch Euch wieder in die Augen sehn. –
Was? Nun schlagt Ihr sie nieder? nun verbeißt
Das Lächeln Ihr? wie ich noch erst in Mienen,
In zweifelhaften Mienen lesen will,   1670
Was ich so deutlich hör, Ihr so vernehmlich
Mir sagt – verschweigt? – Ah Recha! Recha! Wie
Hat er so wahr gesagt: »Kennt sie nur erst!«

RECHA. Wer hat? – von wem? – Euch das gesagt?

TEMPELHERR.   »Kennt sie
Nur erst!« hat Euer Vater mir gesagt;
Von Euch gesagt.

DAJA.   Und ich nicht etwa auch?
Ich denn nicht auch?

TEMPELHERR.   Allein wo ist er denn?
Wo ist denn Euer Vater? Ist er noch
Beim Sultan?

RECHA.   Ohne Zweifel.

TEMPELHERR.   Noch, noch da? –
O mich Vergesslichen! Nein, nein; da ist   1680
Er schwerlich mehr. – Er wird dort unten bei
Dem Kloster meiner warten; ganz gewiss.

So red'ten, mein ich, wir es ab. Erlaubt!
Ich geh, ich hol ihn ...
DAJA.   Das ist meine Sache.
Bleibt, Ritter, bleibt. Ich bring ihn unverzüglich.
TEMPELHERR.
Nicht so, nicht so! Er sieht mir selbst entgegen;
Nicht Euch. Dazu, er könnte leicht ... wer weiß? ...
Er könnte bei dem Sultan leicht, ... Ihr kennt
Den Sultan nicht! ... leicht in Verlegenheit
Gekommen sein. – Glaubt mir; es hat Gefahr,   1690
Wenn ich nicht geh.
RECHA.   Gefahr? was für Gefahr?
TEMPELHERR. Gefahr für mich, für Euch, für ihn: wenn ich
Nicht schleunig, schleunig geh. *(Ab.)*

Dritter Auftritt

RECHA *und* DAJA.

RECHA.   Was ist das, Daja? –
So schnell? – Was kömmt ihm an? Was fiel ihm auf?
Was jagt ihn?
DAJA.   Lasst nur, lasst. Ich denk, es ist
Kein schlimmes Zeichen.
RECHA.   Zeichen? und wovon?
DAJA. Dass etwas vorgeht innerhalb. Es kocht,
Und soll nicht überkochen. Lasst ihn nur.
Nun ist's an Euch.
RECHA.   Was ist an mir? Du wirst,
Wie er, mir unbegreiflich.
DAJA.   Bald nun könnt   1700
Ihr ihm die Unruh' all vergelten, die
Er Euch gemacht hat. Seid nur aber auch
Nicht allzu streng, nicht allzu rachbegierig.
RECHA. Wovon du sprichst, das magst du selber wissen.
DAJA. Und seid denn Ihr bereits so ruhig wieder?

RECHA. Das bin ich; ja das bin ich …
DAJA.   Wenigstens
  Gesteht, dass Ihr Euch seiner Unruh' freut;
  Und seiner Unruh' danket, was Ihr itzt
  Von Ruh' genießt.
RECHA.   Mir völlig unbewusst!
  Denn was ich höchstens dir gestehen könnte,   1710
  Wär, dass es mich – mich selbst befremdet, wie
  Auf einen solchen Sturm in meinem Herzen
  So eine Stille plötzlich folgen können.
  Sein voller Anblick, sein Gespräch, sein Tun
  Hat mich …
DAJA.   Gesättigt schon?
RECHA.   Gesättigt, will
  Ich nun nicht sagen; nein – bei weitem nicht –
DAJA. Den heißen Hunger nur gestillt.
RECHA.   Nun ja;
  Wenn du so willst.
DAJA.   Ich eben nicht.
RECHA.   Er wird
  Mir ewig wert; mir ewig werter, als
  Mein Leben bleiben: wenn auch schon mein Puls   1720
  Nicht mehr bei seinem bloßen Namen wechselt;
  Nicht mehr mein Herz, sooft ich an ihn denke,
  Geschwinder, stärker schlägt – Was schwatz ich? Komm,
  Komm, liebe Daja, wieder an das Fenster,
  Das auf die Palmen sieht.
DAJA.   So ist er doch
  Wohl noch nicht ganz gestillt, der heiße Hunger.
RECHA. Nun werd ich auch die Palmen wieder sehn:
  Nicht ihn bloß untern Palmen.
DAJA.   Diese Kälte
  Beginnt auch wohl ein neues Fieber nur.
RECHA.
  Was Kält'? Ich bin nicht kalt. Ich sehe wahrlich   1730
  Nicht minder gern, was ich mit Ruhe sehe.

Vierter Auftritt

Szene: ein Audienzsaal in dem Palaste des Saladin.

SALADIN *und* SITTAH.

SALADIN (*im Hereintreten, gegen die Türe*).
Hier bringt den Juden her, sobald er kömmt.
Er scheint sich eben nicht zu übereilen.

SITTAH.
Er war auch wohl nicht bei der Hand; nicht gleich
Zu finden.

SALADIN.   Schwester! Schwester!

SITTAH.   Tust du doch
Als stünde dir ein Treffen vor.

SALADIN.   Und das
Mit Waffen, die ich nicht gelernt zu führen.
Ich soll mich stellen; soll besorgen lassen;
Soll Fallen legen; soll auf Glatteis führen.
Wenn hätt ich das gekonnt? Wo hätt ich das   1740
Gelernt? – Und soll das alles, ah, wozu?
Wozu? – Um Geld zu fischen; Geld! – Um Geld,
Geld einem Juden abzubangen; Geld!
Zu solchen kleinen Listen wär ich endlich
Gebracht, der Kleinigkeiten kleinste mir
Zu schaffen?

SITTAH.   Jede Kleinigkeit, zu sehr
Verschmäht, die rächt sich, Bruder.

SALADIN.   Leider wahr. –
Und wenn nun dieser Jude gar der gute,
Vernünft'ge Mann ist, wie der Derwisch dir
Ihn ehedem beschrieben?

SITTAH.   O nun dann!   1750
Was hat es dann für Not! Die Schlinge liegt
Ja nur dem geizigen, besorglichen,
Furchtsamen Juden: nicht dem guten, nicht
Dem weisen Manne. Dieser ist ja so
Schon unser, ohne Schlinge. Das Vergnügen

Zu hören, wie ein solcher Mann sich ausred't;
Mit welcher dreisten Stärk' entweder, er
Die Stricke kurz zerreißet; oder auch
Mit welcher schlauen Vorsicht er die Netze
Vorbei sich windet: dies Vergnügen hast   1760
Du obendrein.
SALADIN.   Nun, das ist wahr. Gewiss;
Ich freue mich darauf.
SITTAH.   So kann dich ja
Auch weiter nichts verlegen machen. Denn
Ist's einer aus der Menge bloß; ist's bloß
Ein Jude, wie ein Jude: gegen den
Wirst du dich doch nicht schämen, so zu scheinen
Wie er die Menschen all sich denkt? Vielmehr;
Wer sich ihm besser zeigt, der zeigt sich ihm
Als Geck, als Narr.
SALADIN.   So muss ich ja wohl gar
Schlecht handeln, dass von mir der Schlechte nicht   1770
Schlecht denke?
SITTAH.   Traun! wenn du schlecht handeln nennst,
Ein jedes Ding nach seiner Art zu brauchen.
SALADIN. Was hätt ein Weiberkopf erdacht, das er
Nicht zu beschönen wüsste!
SITTAH.   Zu beschönen!
SALADIN. Das feine, spitze Ding, besorg ich nur,
In meiner plumpen Hand zerbricht! – So was
Will ausgeführt sein, wie's erfunden ist:
Mit aller Pfiffigkeit, Gewandtheit. – Doch,
Mag's doch nur, mag's! Ich tanze, wie ich kann;
Und könnt es freilich, lieber – schlechter noch   1780
Als besser.
SITTAH.   Trau dir auch nur nicht zu wenig!
ich stehe dir für dich! Wenn du nur willst. –
Dass uns die Männer deinesgleichen doch
So gern bereden möchten, nur ihr Schwert,
Ihr Schwert nur habe sie so weit gebracht.

Der Löwe schämt sich freilich, wenn er mit
Dem Fuchse jagt: – des Fuchses, nicht der List.
SALADIN. Und dass die Weiber doch so gern den Mann
  Zu sich herunter hätten! – Geh nur, geh! –
  Ich glaube meine Lektion zu können.   1790
SITTAH. Was? ich soll gehn?
SALADIN.   Du wolltest doch nicht bleiben?
SITTAH.
Wenn auch nicht bleiben ... im Gesicht euch bleiben –
Doch hier im Nebenzimmer –
SALADIN.   Da zu horchen?
Auch das nicht, Schwester; wenn ich soll bestehn. –
Fort, fort! der Vorhang rauscht; er kömmt! – doch dass
Du ja nicht da verweilst! Ich sehe nach.
*(Indem sie sich durch die eine Türe entfernt, tritt Nathan zu
der andern herein; und Saladin hat sich gesetzt.)*

Fünfter Auftritt

SALADIN *und* NATHAN.

SALADIN. Tritt näher, Jude! – Näher! – Nur ganz her! –
  Nur ohne Furcht!
NATHAN.   Die bleibe deinem Feinde!
SALADIN. Du nennst dich Nathan?
NATHAN.   Ja.
SALADIN.   Den weisen Nathan?
NATHAN. Nein.
SALADIN.   Wohl! nennst du dich nicht; nennt dich das
                      Volk.   1800
NATHAN. Kann sein; das Volk!
SALADIN.   Du glaubst doch nicht, dass ich
  Verächtlich von des Volkes Stimme denke? –
  Ich habe längst gewünscht, den Mann zu kennen,
  Den es den Weisen nennt.
NATHAN.   Und wenn es ihn

Zum Spott so nennte? Wenn dem Volke weise
Nichts weiter wär als klug? und klug nur der,
Der sich auf seinen Vorteil gut versteht?
SALADIN. Auf seinen wahren Vorteil, meinst du doch?
NATHAN. Dann freilich wär der Eigennützigste
    Der Klügste. Dann wär freilich klug und weise   1810
    Nur eins.
SALADIN.   Ich höre dich erweisen, was
    Du widersprechen willst. – Des Menschen wahre
    Vorteile, die das Volk nicht kennt – kennst du.
    Hast du zu kennen wenigstens gesucht;
    Hast drüber nachgedacht: das auch allein
    Macht schon den Weisen.
NATHAN.   Der sich jeder dünkt
    Zu sein.
SALADIN.   Nun der Bescheidenheit genug!
    Denn sie nur immerdar zu hören, wo
    Man trockene Vernunft erwartet, ekelt.
    (Er springt auf.)
    Lass uns zur Sache kommen! Aber, aber   1820
    Aufrichtig, Jud', aufrichtig!
NATHAN.   Sultan, ich
    Will sicherlich dich so bedienen, dass
    Ich deiner fernern Kundschaft würdig bleibe.
SALADIN. Bedienen? wie?
NATHAN.   Du sollst das Beste haben
    Von allem; sollst es um den billigsten
    Preis haben.
SALADIN.   Wovon sprichst du? doch wohl nicht
    Von deinen Waren? – Schachern wird mit dir
    Schon meine Schwester. (Das der Horcherin!) –
    Ich habe mit dem Kaufmann nichts zu tun.
NATHAN. So wirst du ohne Zweifel wissen wollen,   1830
    Was ich auf meinem Wege von dem Feinde,
    Der allerdings sich wieder regt, etwa
    Bemerkt, getroffen? – Wenn ich unverhohlen ...

SALADIN. Auch darauf bin ich eben nicht mir dir
  Gesteuert. Davon weiß ich schon, so viel
  Ich nötig habe. – Kurz; –
NATHAN.   Gebiete, Sultan.
SALADIN. Ich heische deinen Unterricht in ganz
  Was anderm; ganz was anderm. – Da du nun
  So weise bist: so sage mir doch einmal –
  Was für ein Glaube, was für ein Gesetz   1840
  Hat dir am meisten eingeleuchtet?
NATHAN.   Sultan,
  Ich bin ein Jud'.
SALADIN.   Und ich ein Muselmann.
  Der Christ ist zwischen uns. – Von diesen drei
  Religionen kann doch eine nur
  Die wahre sein. – Ein Mann, wie du, bleibt da
  Nicht stehen, wo der Zufall der Geburt
  Ihn hingeworfen: oder wenn er bleibt,
  Bleibt er aus Einsicht, Gründen, Wahl des Bessern.
  Wohlan! so teile deine Einsicht mir
  Dann mit. Lass mich die Gründe hören, denen   1850
  Ich selber nachzugrübeln, nicht die Zeit
  Gehabt. Lass mich die Wahl, die diese Gründe
  Bestimmt, – versteht sich, im Vertrauen – wissen,
  Damit ich sie zu meiner mache. – Wie?
  Du stutzest? wägst mich mit dem Auge? – Kann
  Wohl sein, dass ich der erste Sultan bin,
  Der eine solche Grille hat; die mich
  Doch eines Sultans eben nicht so ganz
  Unwürdig dünkt. – Nicht wahr? – So rede doch!
  Sprich! – Oder willst du einen Augenblick,   1860
  Dich zu bedenken? Gut; ich geb ihn dir. –
  (Ob sie wohl horcht? Ich will sie doch belauschen;
  Will hören, ob ich's recht gemacht. –) Denk nach!
  Geschwind denk nach! Ich säume nicht, zurück-
  Zukommen. *(Er geht in das Nebenzimmer, nach welchem
  sich Sittah begeben.)*

Sechster Auftritt

NATHAN *allein.*

Hm! hm! – wunderlich! – Wie ist
Mir denn? – Was will der Sultan? was? – Ich bin
Auf Geld gefasst; und er will – Wahrheit. Wahrheit!
Und will sie so, – so bar, so blank, – als ob
Die Wahrheit Münze wäre! – Ja, wenn noch
Uralte Münze, die gewogen ward! –   1870
Das ginge noch! Allein so neue Münze,
Die nur der Stempel macht, die man aufs Brett
Nur zählen darf, das ist sie doch nun nicht!
Wie Geld in Sack, so striche man in Kopf
Auch Wahrheit ein? Wer ist denn hier der Jude?
Ich oder er? – Doch wie? Sollt er auch wohl
Die Wahrheit nicht in Wahrheit fodern? – Zwar,
Zwar der Verdacht, dass er die Wahrheit nur
Als Falle brauche, wär auch gar zu klein! –
Zu klein? – Was ist für einen Großen denn   1880
Zu klein? – Gewiss, gewiss: er stürzte mit
Der Türe so ins Haus! Man pocht doch, hört
Doch erst, wenn man als Freund sich naht. – Ich muss
Behutsam gehn! – Und wie? wie das? – So ganz
Stockjude sein zu wollen, geht schon nicht. –
Und ganz und gar nicht Jude, geht noch minder.
Denn, wenn kein Jude, dürft er mich nur fragen,
Warum kein Muselmann? – Das war's! Das kann
Mich retten! – Nicht die Kinder bloß, speist man
Mit Märchen ab. – Er kömmt. Er komme nur!   1890

Siebenter Auftritt

SALADIN *und* NATHAN.

SALADIN. (So ist das Feld hier rein!) – Ich komm dir doch
Nicht zu geschwind zurück? Du bist zu Rande

Mit deiner Überlegung. – Nun so rede!
Es hört uns keine Seele.
NATHAN.   Möcht auch doch
Die ganze Welt uns hören.
SALADIN.   So gewiss
Ist Nathan seiner Sache? Ha! das nenn
Ich einen Weisen! Nie die Wahrheit zu
Verhehlen! für sie alles auf das Spiel
Zu setzen! Leib und Leben! Gut und Blut!
NATHAN. Ja! ja! wann's nötig ist und nutzt.
SALADIN.   Von nun   1900
An darf ich hoffen, einen meiner Titel,
Verbesserer der Welt und des Gesetzes,
Mit Recht zu führen.
NATHAN.   Traun, ein schöner Titel!
Doch, Sultan, eh ich mich dir ganz vertraue,
Erlaubst du wohl, dir ein Geschichtchen zu
Erzählen?
SALADIN.   Warum das nicht? Ich bin stets
Ein Freund gewesen von Geschichtchen, gut
Erzählt.
NATHAN.   Ja, gut erzählen, das ist nun
Wohl eben meine Sache nicht.
SALADIN.   Schon wieder
So stolz bescheiden? – Mach! erzähl, erzähle!   1910
NATHAN. Vor grauen Jahren lebt' ein Mann in Osten,
Der einen Ring von unschätzbarem Wert'
Aus lieber Hand besaß. Der Stein war ein
Opal, der hundert schöne Farben spielte,
Und hatte die geheime Kraft, vor Gott
Und Menschen angenehm zu machen, wer
In dieser Zuversicht ihn trug. Was Wunder,
Dass ihn der Mann in Osten darum nie
Vom Finger ließ; und die Verfügung traf,
Auf ewig ihn bei seinem Hause zu
Erhalten? Nämlich so. Er ließ den Ring   1920

Von seinen Söhnen dem geliebtesten;
Und setzte fest, dass dieser wiederum
Den Ring von seinen Söhnen dem vermache,
Der ihm der liebste sei; und stets der Liebste,
Ohn Ansehn der Geburt, in Kraft allein
Des Rings, das Haupt, der Fürst des Hauses werde. –
Versteh mich, Sultan.

SALADIN.   Ich versteh dich. Weiter!

NATHAN. So kam nun dieser Ring, von Sohn zu Sohn,
Auf einen Vater endlich von drei Söhnen;   1930
Die alle drei ihm gleich gehorsam waren,
Die alle drei er folglich gleich zu lieben
Sich nicht entbrechen konnte. Nur von Zeit
Zu Zeit schien ihm bald der, bald dieser, bald
Der dritte, – sowie jeder sich mit ihm
Allein befand, und sein ergießend Herz
Die andern zwei nicht teilten, – würdiger
Des Ringes; den er denn auch einem jeden
Die fromme Schwachheit hatte, zu versprechen.
Das ging nun so, solang es ging. – Allein   1940
Es kam zum Sterben, und der gute Vater
Kömmt in Verlegenheit. Es schmerzt ihn, zwei
Von seinen Söhnen, die sich auf sein Wort
Verlassen, so zu kränken. – Was zu tun? –
Er sendet in geheim zu einem Künstler,
Bei dem er, nach dem Muster seines Ringes,
Zwei andere bestellt, und weder Kosten
Noch Mühe sparen heißt, sie jenem gleich,
Vollkommen gleich zu machen. Das gelingt
Dem Künstler. Da er ihm die Ringe bringt,   1950
Kann selbst der Vater seinen Musterring
Nicht unterscheiden. Froh und freudig ruft
Er seine Söhne, jeden insbesondre;
Gibt jedem insbesondre seinen Segen, –
Und seinen Ring, – und stirbt. – Du hörst doch,
                                        Sultan?

SALADIN *(der sich betroffen von ihm gewandt).*
    Ich hör, ich höre! – Komm mit deinem Märchen
    Nur bald zu Ende. – Wird's?
NATHAN.   Ich bin zu Ende.
    Denn was noch folgt, versteht sich ja von selbst. –
    Kaum war der Vater tot, so kömmt ein jeder
    Mit seinem Ring', und jeder will der Fürst   1960
    Des Hauses sein. Man untersucht, man zankt,
    Man klagt. Umsonst; der rechte Ring war nicht
    Erweislich; – *(nach einer Pause, in welcher er des Sultans*
    Antwort erwartet)
              Fast so unerweislich, als
    Uns itzt – der rechte Glaube.
SALADIN.   Wie? das soll
    Die Antwort sein auf meine Frage? ...
NATHAN.   Soll
    Mich bloß entschuldigen, wenn ich die Ringe,
    Mir nicht getrau zu unterscheiden, die
    Der Vater in der Absicht machen ließ,
    Damit sie nicht zu unterscheiden wären.
SALADIN.
    Die Ringe! – Spiele nicht mit mir! – Ich dächte,   1970
    Dass die Religionen, die ich dir
    Genannt, doch wohl zu unterscheiden wären.
    Bis auf die Kleidung; bis auf Speis und Trank!
NATHAN. Und nur von Seiten ihrer Gründe nicht. –
    Denn gründen alle sich nicht auf Geschichte?
    Geschrieben oder überliefert! – Und
    Geschichte muss doch wohl allein auf Treu
    Und Glauben angenommen werden? – Nicht? –
    Nun wessen Treu und Glauben zieht man denn
    Am wenigsten in Zweifel? Doch der Seinen?   1980
    Doch deren Blut wir sind? doch deren, die
    Von Kindheit an uns Proben ihrer Liebe
    Gegeben? die uns nie getäuscht, als wo
    Getäuscht zu werden uns heilsamer war? –

Wie kann ich meinen Vätern weniger,
Als du den deinen glauben? Oder umgekehrt. –
Kann ich von dir verlangen, dass du deine
Vorfahren Lügen strafst, um meinen nicht
Zu widersprechen? Oder umgekehrt.
Das Nämliche gilt von den Christen. Nicht? –   1990
SALADIN. (Bei dem Lebendigen! Der Mann hat Recht.
Ich muss verstummen.)
NATHAN.   Lass auf unsre Ring'
Uns wieder kommen. Wie gesagt: die Söhne
Verklagten sich; und jeder schwur dem Richter,
Unmittelbar aus seines Vaters Hand
Den Ring zu haben. – Wie auch wahr! – Nachdem
Er von ihm lange das Versprechen schon
Gehabt, des Ringes Vorrecht einmal zu
Genießen. – Wie nicht minder wahr! – Der Vater,
Beteu'rte jeder, könne gegen ihn   2000
Nicht falsch gewesen sein; und eh er dieses
Von ihm, von einem solchen lieben Vater,
Argwohnen lass': eh müss' er seine Brüder,
So gern er sonst von ihnen nur das Beste
Bereit zu glauben sei, des falschen Spiels
Bezeihen; und er wolle die Verräter
Schon auszufinden wissen; sich schon rächen.
SALADIN.
Und nun, der Richter? – Mich verlangt zu hören,
Was du den Richter sagen lässest. Sprich!
NATHAN.
Der Richter sprach: Wenn ihr mir nun den Vater   2010
Nicht bald zur Stelle schafft, so weis ich euch
Von meinem Stuhle. Denkt ihr, dass ich Rätsel
Zu lösen da bin? Oder harret ihr,
Bis dass der rechte Ring den Mund eröffne? –
Doch halt! Ich höre ja, der rechte Ring
Besitzt die Wunderkraft beliebt zu machen;
Vor Gott und Menschen angenehm. Das muss

Entscheiden! Denn die falschen Ringe werden
Doch das nicht können! – Nun; wen lieben zwei
Von euch am meisten? – Macht, sagt an! Ihr schweigt?
Die Ringe wirken nur zurück? und nicht   2021
Nach außen? Jeder liebt sich selber nur
Am meisten? – O so seid ihr alle drei
Betrogene Betrieger! Eure Ringe
Sind alle drei nicht echt. Der echte Ring
Vermutlich ging verloren. Den Verlust
Zu bergen, zu ersetzen, ließ der Vater
Die drei für einen machen.

SALADIN.   Herrlich! herrlich!

NATHAN. Und also; fuhr der Richter fort, wenn ihr
Nicht meinen Rat, statt meines Spruches, wollt: 2030
Geht nur! – Mein Rat ist aber der: ihr nehmt
Die Sache völlig wie sie liegt. Hat von
Euch jeder seinen Ring von seinem Vater:
So glaube jeder sicher seinen Ring
Den echten. – Möglich; dass der Vater nun
Die Tyrannei des Einen Rings nicht länger
In seinem Hause dulden wollen! – Und gewiss;
Dass er euch alle drei geliebt, und gleich
Geliebt: indem er zwei nicht drücken mögen,
Um einen zu begünstigen. – Wohlan!   2040
Es eifre jeder seiner unbestochnen
Von Vorurteilen freien Liebe nach!
Es strebe von euch jeder um die Wette,
Die Kraft des Steins in seinem Ring' an Tag
Zu legen! komme dieser Kraft mit Sanftmut,
Mit herzlicher Verträglichkeit, mit Wohltun,
Mit innigster Ergebenheit in Gott,
Zu Hülf'! Und wenn sich dann der Steine Kräfte
Bei euern Kindes-Kindeskindern äußern:
So lad ich über tausend tausend Jahre,   2050
Sie wiederum vor diesen Stuhl. Da wird
Ein weisrer Mann auf diesem Stuhle sitzen,

Als ich; und sprechen. Geht! – So sagte der
Bescheidne Richter.

SALADIN.   Gott! Gott!

NATHAN.   Saladin,
Wenn du dich fühlest, dieser weisere
Versprochne Mann zu sein: ...

SALADIN *(der auf ihn zustürzt, und seine Hand ergreift, die er
bis zu Ende nicht wieder fahren lässt).*

                                   Ich Staub? Ich Nichts?
O Gott!

NATHAN.   Was ist dir, Sultan?

SALADIN.   Nathan, lieber Nathan! –
Die tausend tausend Jahre deines Richters
Sind noch nicht um. – Sein Richterstuhl ist nicht
Der meine. – Geh! – Geh! – Aber sei mein Freund.   2060

NATHAN.   Und weiter hätte Saladin mir nichts
Zu sagen?

SALADIN.   Nichts.

NATHAN.   Nichts?

SALADIN.   Gar nichts. – Und warum?

NATHAN.   Ich hätte noch Gelegenheit gewünscht,
Dir eine Bitte vorzutragen.

SALADIN.   Braucht's
Gelegenheit zu einer Bitte? – Rede!

NATHAN.
Ich komm von einer weiten Reis', auf welcher
Ich Schulden eingetrieben. – Fast hab ich
Des baren Gelds zu viel. – Die Zeit beginnt
Bedenklich wiederum zu werden; – und
Ich weiß nicht recht, wo sicher damit hin. –   2070
Da dacht ich, ob nicht du vielleicht, – weil doch
Ein naher Krieg des Geldes immer mehr
Erfodert, – etwas brauchen könntest.

SALADIN *(ihm steif in die Augen sehend).*   Nathan! –
Ich will nicht fragen, ob Al-Hafi schon
Bei dir gewesen; – will nicht untersuchen,

Ob dich nicht sonst ein Argwohn treibt, mir dieses
Erbieten freierdings zu tun: ...
NATHAN.   Ein Argwohn?
SALADIN.
Ich bin ihn wert. – Verzeih mir! – denn was hilft's?
Ich muss dir nur gestehen, – dass ich im
Begriffe war –
NATHAN.   Doch nicht, das Nämliche   2080
An mich zu suchen?
SALADIN.   Allerdings.
NATHAN.   So wär
Uns beiden ja geholfen! – Dass ich aber
Dir alle meine Barschaft nicht kann schicken,
Das macht der junge Tempelherr. – Du kennst
Ihn ja. – Ihm hab ich eine große Post
Vorher noch zu bezahlen.
SALADIN.   Tempelherr?
Du wirst doch meine schlimmsten Feinde nicht
Mit deinem Geld auch unterstützen wollen?
NATHAN. Ich spreche von dem einen nur, dem du
Das Leben spartest ...
SALADIN.   Ah! woran erinnerst   2090
Du mich! – Hab ich doch diesen Jüngling ganz
Vergessen! – Kennst du ihn? – Wo ist er?
NATHAN.   Wie?
So weißt du nicht, wie viel von deiner Gnade
Für ihn, durch ihn auf mich geflossen? Er,
Er mit Gefahr des neu erhaltnen Lebens,
Hat meine Tochter aus dem Feu'r gerettet.
SALADIN. Er? Hat er das? – Ha! darnach sah er aus.
Das hätte traun mein Bruder auch getan,
Dem er so ähnelt! – Ist er denn noch hier?
So bring ihn her! – Ich habe meine Schwester   2100
Von diesem ihren Bruder, den sie nicht
Gekannt, so viel erzählet, dass ich sie
Sein Ebenbild doch auch muss sehen lassen! –

Geh, hol ihn! – Wie aus Einer guten Tat,
Gebar sie auch schon bloße Leidenschaft,
Doch so viel andre gute Taten fließen!
Geh, hol ihn!
NATHAN *(indem er Saladins Hand fahren lässt).*
    Augenblicks! Und bei dem andern
Bleibt es doch auch? *(Ab.)*
SALADIN.   Ah! dass ich meine Schwester
Nicht horchen lassen! – Zu ihr! zu ihr! – Denn
Wie soll ich alles das ihr nun erzählen?   2110
(Ab von der andern Seite.)

Achter Auftritt

Die Szene: unter den Palmen, in der Nähe des Klosters,
wo der Tempelherr Nathans wartet.

DER TEMPELHERR *(geht, mit sich selbst kämpfend, auf und ab;
bis er losbricht).*
– Hier halt das Opfertier ermüdet still. –
Nun gut! Ich mag nicht, mag nicht näher wissen,
Was in mir vorgeht; mag voraus nicht wittern,
Was vorgehn wird. – Genug, ich bin umsonst
Geflohn! umsonst. – Und weiter konnt ich doch
Auch nichts, als fliehn? – Nun komm', was kommen
        soll! –
Ihm auszubeugen, war der Streich zu schnell
Gefallen; unter den zu kommen, ich
So lang und viel mich weigerte. – Sie sehn,
Die ich zu sehn so wenig lüstern war, –
Sie sehn, und der Entschluss, sie wieder aus   2120
Den Augen nie zu lassen – Was Entschluss?
Entschluss ist Vorsatz, Tat: und ich, ich litt',
Ich litte bloß. – Sie sehn, und das Gefühl,
An sie verstrickt, in sie verwebt zu sein,
War eins. – Bleibt eins. – Von ihr getrennt

Zu leben, ist mir ganz undenkbar; wär
Mein Tod, – und wo wir immer nach dem Tode
Noch sind, auch da mein Tod. – Ist das nun Liebe:
So – liebt der Tempelritter freilich, – liebt   2130
Der Christ das Judenmädchen freilich. – Hm!
Was tut's? – Ich hab in dem gelobten Lande, –
Und drum auch mir gelobt auf immerdar! –
Der Vorurteile mehr schon abgelegt. –
Was will mein Orden auch? Ich Tempelherr
Bin tot; war von dem Augenblick ihm tot,
Der mich zu Saladins Gefangnen machte.
Der Kopf, den Saladin mir schenkte, wär
Mein alter? – Ist ein neuer; der von allem
Nichts weiß, was jenem eingeplaudert ward,   2140
Was jenen band. – Und ist ein bessrer; für
Den väterlichen Himmel mehr gemacht.
Das spür ich ja. Denn erst mit ihm beginn
Ich so zu denken, wie mein Vater hier
Gedacht muss haben; wenn man Märchen nicht
Von ihm mir vorgelogen. – Märchen? – doch
Ganz glaubliche; die glaublicher mir nie,
Als itzt geschienen, da ich nur Gefahr
Zu straucheln laufe, wo er fiel. – Er fiel?
Ich will mit Männern lieber fallen, als   2150
Mit Kindern stehn. – Sein Beispiel bürget mir
Für seinen Beifall. Und an wessen Beifall
Liegt mir denn sonst? – An Nathans? – O an dessen
Ermuntrung mehr, als Beifall, kann es mir
Noch weniger gebrechen. – Welch ein Jude! –
Und der so ganz nur Jude scheinen will!
Da kömmt er; kömmt mit Hast; glüht heitre Freude.
Wer kam vom Saladin je anders? – He!
He, Nathan!

Neunter Auftritt

NATHAN *und der* TEMPELHERR.

NATHAN.   Wie? seid Ihr's?

TEMPELHERR.   Ihr habt
Sehr lang Euch bei dem Sultan aufgehalten.   2160

NATHAN. So lange nun wohl nicht. Ich ward im Hingehn
Zu viel verweilt. – Ah, wahrlich Curd; der Mann
Steht seinen Ruhm. Sein Ruhm ist bloß sein Schatten. –
Doch lasst vor allen Dingen Euch geschwind
Nur sagen ...

TEMPELHERR.   Was?

NATHAN.   Er will Euch sprechen; will,
Dass ungesäumt Ihr zu ihm kommt. Begleitet
Mich nur nach Hause, wo ich noch für ihn
Erst etwas anders zu verfügen habe:
Und dann, so gehn wir.

TEMPELHERR.   Nathan, Euer Haus
Betret ich wieder eher nicht ...

NATHAN.   So seid   2170
Ihr doch indes schon da gewesen? habt
Indes sie doch gesprochen? – Nun? – Sagt: wie
Gefällt Euch Recha?

TEMPELHERR.   Über allen Ausdruck! –
Allein, – sie wiedersehn – das werd ich nie!
Nie! nie! – Ihr müsstet mir zur Stelle denn
Versprechen: – dass ich sie auf immer, immer –
Soll können sehn.

NATHAN.   Wie wollt Ihr, dass ich das
Versteh?

TEMPELHERR (*nach einer kurzen Pause ihm plötzlich um den
Hals fallend*).
        Mein Vater!

NATHAN.   – Junger Mann!

TEMPELHERR (*ihn ebenso plötzlich wieder lassend*).
                        Nicht Sohn? –
Ich bitt Euch, Nathan! –

NATHAN.   Lieber junger Mann!

TEMPELHERR.
Nicht Sohn? – Ich bitt Euch, Nathan! – Ich beschwör
Euch bei den ersten Banden der Natur! –   2181
Zieht ihnen spätre Fesseln doch nicht vor! –
Begnügt Euch doch ein Mensch zu sein! – Stoßt mich
Nicht von Euch!

NATHAN.   Lieber, lieber Freund! …

TEMPELHERR.   Und Sohn?
Sohn nicht? – Auch dann nicht, dann nicht einmal,
                              wenn
Erkenntlichkeit zum Herzen Eurer Tochter
Der Liebe schon den Weg gebahnet hätte?
Auch dann nicht einmal, wenn in eins zu schmelzen
Auf Euern Wink nur beide warteten? –
Ihr schweigt?

NATHAN.   Ihr überrascht mich, junger Ritter.   2190

TEMPELHERR.
Ich überrasch Euch? – überrasch Euch, Nathan,
Mit Euern eigenen Gedanken? – Ihr
Verkennt sie doch in meinem Munde nicht? –
Ich überrasch Euch?

NATHAN.   Eh ich einmal weiß,
Was für ein Stauffen Euer Vater denn
Gewesen ist!

TEMPELHERR.   Was sagt Ihr, Nathan? was? –
In diesem Augenblicke fühlt Ihr nichts,
Als Neubegier?

NATHAN.   Denn seht! Ich habe selbst
Wohl einen Stauffen ehedem gekannt,
Der Conrad hieß.

TEMPELHERR.   Nun – wenn mein Vater denn   2200
Nun ebenso geheißen hätte?

NATHAN.   Wahrlich?

TEMPELHERR. Ich heiße selber ja nach meinem Vater: Curd
Ist Conrad.

NATHAN.   Nun – so war mein Conrad doch
  Nicht Euer Vater. Denn mein Conrad war,
  Was Ihr; war Tempelherr; war nie vermählt.
TEMPELHERR. O darum!
NATHAN.   Wie?
TEMPELHERR.   O darum könnt er doch
  Mein Vater wohl gewesen sein.
NATHAN.   Ihr scherzt.
TEMPELHERR.
  Und Ihr nehmt's wahrlich zu genau! – Was wär's
  Denn nun? So was von Bastard oder Bankert!
  Der Schlag ist auch nicht zu verachten. – Doch   2210
  Entlasst mich immer meiner Ahnenprobe.
  Ich will Euch Eurer wiedrum entlassen.
  Nicht zwar, als ob ich den geringsten Zweifel
  In Euern Stammbaum setzte. Gott behüte!
  Ihr könnt ihn Blatt vor Blatt bis Abraham
  Hinauf belegen. Und von da so weiter,
  Weiß ich ihn selbst; will ich ihn selbst beschwören.
NATHAN. Ihr werdet bitter. – Doch verdien ich's? Schlug
  Ich denn Euch schon was ab?   Ich will Euch ja
  Nur bei dem Worte nicht den Augenblick   2220
  So fassen. – Weiter nichts.
TEMPELHERR.   Gewiss? – Nichts weiter?
  O so vergebt! ...
NATHAN.   Nun kommt nur, kommt!
TEMPELHERR.   Wohin?
  Nein! – Mit in Euer Haus? – Das nicht! das nicht! –
  Da brennt's! – Ich will Euch hier erwarten. Geht! –
  Soll ich sie wiedersehn: so seh ich sie
  Noch oft genug. Wo nicht: so sah ich sie
  Schon viel zu viel ...
NATHAN.   Ich will mich möglichst eilen.

Zehnter Auftritt

Der TEMPELHERR *und bald darauf* DAJA.

TEMPELHERR.
  Schon mehr als g'nug! – Des Menschen Hirn fasst so
  Unendlich viel; und ist doch manchmal auch
  So plötzlich voll! von einer Kleinigkeit   2230
  So plötzlich voll! – Taugt nichts, taugt nichts; es sei
  Auch voll wovon es will. – Doch nur Geduld!
  Die Seele wirkt den aufgedunsnen Stoff
  Bald ineinander, schafft sich Raum, und Licht
  Und Ordnung kommen wieder. – Lieb ich denn
  Zum ersten Male? – Oder war, was ich
  Als Liebe kenne, Liebe nicht? – Ist Liebe
  Nur was ich itzt empfinde? ...
DAJA *(die sich von der Seite herbeigeschlichen).*
                              Ritter! Ritter!
TEMPELHERR. Wer ruft? – Ha, Daja, Ihr?
DAJA.   Ich habe mich
  Bei ihm vorbeigeschlichen. Aber noch   2240
  Könnt er uns sehn, wo Ihr da steht. – Drum kommt
  Doch näher zu mir, hinter diesen Baum.
TEMPELHERR.
  Was gibt's denn? – So geheimnisvoll? – Was ist's?
DAJA. Ja wohl betrifft es ein Geheimnis, was
  Mich zu Euch bringt; und zwar ein doppeltes.
  Das eine weiß nur ich; das andre wisst
  Nur Ihr. – Wie wär es, wenn wir tauschten?
  Vertraut mir Euers: so vertrau ich Euch
  Das Meine.
TEMPELHERR.   Mit Vergnügen. – Wenn ich nur
  Erst weiß, was Ihr für Meines achtet. Doch   2250
  Das wird aus Euerm wohl erhellen. – Fangt
  Nur immer an.
DAJA.   Ei denkt doch! – Nein, Herr Ritter:
  Erst Ihr; ich folge. – Denn versichert, mein

Geheimnis kann Euch gar nichts nutzen, wenn
Ich nicht zuvor das Eure habe. – Nur
Geschwind! – Denn frag ich's Euch erst ab: so habt
Ihr nichts vertrauet. Mein Geheimnis dann
Bleibt mein Geheimnis; und das Eure seid
Ihr los. – Doch armer Ritter! – Dass ihr Männer
Ein solch Geheimnis vor uns Weibern haben   2260
Zu können, auch nur glaubt!

TEMPELHERR.   Das wir zu haben
Oft selbst nicht wissen.

DAJA.   Kann wohl sein. Drum muss
Ich freilich erst, Euch selbst damit bekannt
Zu machen, schon die Freundschaft haben. – Sagt:
Was hieß denn das, dass Ihr so Knall und Fall
Euch aus dem Staube machtet? dass Ihr uns
So sitzen ließet? – dass Ihr nun mit Nathan
Nicht wiederkommt? – Hat Recha denn so wenig
Auf Euch gewirkt? wie? oder auch, so viel? –
So viel! so viel! – Lehrt Ihr des armen Vogels,   2270
Der an der Rute klebt, Geflattre mich
Doch kennen! – Kurz: gesteht es mir nur gleich,
Dass Ihr sie liebt, liebt bis zum Unsinn; und
Ich sag Euch was ...

TEMPELHERR.   Zum Unsinn? Wahrlich; Ihr
Versteht Euch trefflich drauf.

DAJA.   Nun gebt mir nur
Die Liebe zu; den Unsinn will ich Euch
Erlassen.

TEMPELHERR.   Weil er sich von selbst versteht? –
Ein Tempelherr ein Judenmädchen lieben! ...

DAJA. Scheint freilich wenig Sinn zu haben. – Doch
Zuweilen ist des Sinns in einer Sache   2280
Auch mehr, als wir vermuten; und es wäre
So unerhört doch nicht, dass uns der Heiland
Auf Wegen zu sich zöge, die der Kluge
Von selbst nicht leicht betreten würde.

TEMPELHERR.   Das
   So feierlich? – (Und setz ich statt des Heilands
   Die Vorsicht: hat sie denn nicht Recht? –) Ihr macht
   Mich neubegieriger, als ich wohl sonst
   Zu sein gewohnt bin.
DAJA.   O! das ist das Land
   Der Wunder!
TEMPELHERR.   (Nun! – des Wunderbaren. Kann
   Es auch wohl anders sein? Die ganze Welt   2290
   Drängt sich ja hier zusammen.) – Liebe Daja,
   Nehmt für gestanden an, was Ihr verlangt:
   Dass ich sie liebe; dass ich nicht begreife,
   Wie ohne sie ich leben werde; dass ...
DAJA. Gewiss? gewiss? – So schwört mir, Ritter, sie
   Zur Eurigen zu machen; sie zu retten;
   Sie zeitlich hier, sie ewig dort zu retten.
TEMPELHERR.
   Und wie? – Wie kann ich? – Kann ich schwören, was
   In meiner Macht nicht steht?
DAJA.   In Eurer Macht
   Steht es. Ich bring es durch ein einzig Wort   2300
   In Eure Macht.
TEMPELHERR.   Dass selbst der Vater nichts
   Dawider hätte?
DAJA.   Ei, was Vater! Vater!
   Der Vater soll schon müssen.
TEMPELHERR.   Müssen, Daja? –
   Noch ist er unter Räuber nicht gefallen. –
   Er muss nicht müssen.
DAJA.   Nun, so muss er wollen;
   Muss gern am Ende wollen.
TEMPELHERR.   Muss und gern! –
   Doch, Daja, wenn ich Euch nun sage, dass
   Ich selber diese Sait' ihm anzuschlagen
   Bereits versucht?
DAJA.   Was? und er fiel nicht ein?

TEMPELHERR.
  Er fiel mit einem Misslaut ein, der mich –   2310
  Beleidigte.
DAJA.   Was sagt Ihr? – Wie? Ihr hättet
  Den Schatten eines Wunsches nur nach Recha
  Ihm blicken lassen: und er wär vor Freuden
  Nicht aufgesprungen? hätte frostig sich
  Zurückgezogen? hätte Schwierigkeiten
  Gemacht?
TEMPELHERR.   So ungefähr.
DAJA.   So will ich denn
  Mich länger keinen Augenblick bedenken –
  (*Pause.*)
TEMPELHERR. Und Ihr bedenkt Euch doch?
DAJA.   Der Mann ist sonst
  So gut! – Ich selber bin so viel ihm schuldig! –
  Dass er doch gar nicht hören will! – Gott weiß,   2320
  Das Herze blutet mir, ihn so zu zwingen.
TEMPELHERR.
  Ich bitt Euch, Daja, setzt mich kurz und gut
  Aus dieser Ungewissheit. Seid Ihr aber
  Noch selber ungewiss; ob, was Ihr vorhabt,
  Gut oder böse, schändlich oder löblich
  Zu nennen: – schweigt! Ich will vergessen, dass
  Ihr etwas zu verschweigen habt.
DAJA.   Das spornt
  Anstatt zu halten. Nun; so wisst denn: Recha
  Ist keine Jüdin; ist – ist eine Christin.
TEMPELHERR (*kalt*).
  So? Wünsch Euch Glück! Hat's schwer gehalten? Lasst
  Euch nicht die Wehen schrecken! – Fahret ja   2331
  Mit Eifer fort, den Himmel zu bevölkern;
  Wenn Ihr die Erde nicht mehr könnt!
DAJA.   Wie, Ritter?
  Verdienet meine Nachricht diesen Spott?
  Dass Recha eine Christin ist: das freuet

Euch, einen Christen, einen Tempelherrn,
Der Ihr sie liebt, nicht mehr?
TEMPELHERR.   Besonders, da
Sie eine Christin ist von Eurer Mache.
DAJA. Ah! so versteht Ihr's? So mag's gelten! – Nein!
Den will ich sehn, der die bekehren soll!   2340
Ihr Glück ist, längst zu sein, was sie zu werden
Verdorben ist.
TEMPELHERR.   Erklärt Euch, oder – geht!
DAJA. Sie ist ein Christenkind; von Christeneltern
Geboren; ist getauft ...
TEMPELHERR *(hastig)*.   Und Nathan?
DAJA.   Nicht
Ihr Vater!
TEMPELHERR.   Nathan nicht ihr Vater? – Wisst
Ihr, was Ihr sagt?
DAJA.   Die Wahrheit, die so oft
Mich blut'ge Tränen weinen machen. – Nein,
Er ist ihr Vater nicht ...
TEMPELHERR.   Und hätte sie,
Als seine Tochter nur erzogen? hätte
Das Christenkind als eine Jüdin sich   2350
Erzogen?
DAJA.   Ganz gewiss.
TEMPELHERR.   Sie wüsste nicht,
Was sie geboren sei? – Sie hätt es nie
Von ihm erfahren, dass sie eine Christin
Geboren sei, und keine Jüdin?
DAJA.   Nie!
TEMPELHERR. Er hätt in diesem Wahne nicht das Kind
Bloß auferzogen? ließ das Mädchen noch
In diesem Wahne?
DAJA.   Leider!
TEMPELHERR.   Nathan – Wie? –
Der weise gute Nathan hätte sich
Erlaubt, die Stimme der Natur so zu

Verfälschen? – Die Ergießung eines Herzens   2360
So zu verlenken, die, sich selbst gelassen,
Ganz andre Wege nehmen würde? – Daja,
Ihr habt mir allerdings etwas vertraut –
Von Wichtigkeit, – was Folgen haben kann, –
Was mich verwirrt, – worauf ich gleich nicht weiß,
Was mir zu tun. – Drum lasst mir Zeit. – Drum geht!
Er kömmt hier wiederum vorbei. Er möcht
Uns überfallen. Geht!

DAJA.   Ich wär des Todes!

TEMPELHERR. Ich bin ihn itzt zu sprechen ganz und gar
Nicht fähig. Wenn Ihr ihm begegnet, sagt   2370
Ihm nur, dass wir einander bei dem Sultan
Schon finden würden.

DAJA.   Aber lasst Euch ja
Nichts merken gegen ihn. – Das soll nur so
Den letzten Druck dem Dinge geben; soll
Euch, Rechas wegen, alle Skrupel nur
Benehmen! – Wenn Ihr aber dann, sie nach
Europa führt: so lasst Ihr doch mich nicht
Zurück?

TEMPELHERR.   Das wird sich finden. Geht nur, geht!

Vierter Aufzug

Erster Auftritt

Szene: in den Kreuzgängen des Klosters.

Der KLOSTERBRUDER *und bald darauf der* TEMPELHERR.

KLOSTERBRUDER. Ja, ja! er hat schon Recht, der Patriarch!
Es hat mir freilich noch von alledem   2380
Nicht viel gelingen wollen, was er mir
So aufgetragen. – Warum trägt er mir
Auch lauter solche Sachen auf? – Ich mag
Nicht fein sein; mag nicht überreden; mag
Mein Näschen nicht in alles stecken; mag
Mein Händchen nicht in allem haben. – Bin
Ich darum aus der Welt geschieden, ich
Für mich; um mich für andre mit der Welt
Noch erst recht zu verwickeln?
TEMPELHERR *(mit Hast auf ihn zukommend).*
                        Guter Bruder!
Da seid Ihr ja. Ich hab Euch lange schon   2390
Gesucht.
KLOSTERBRUDER.
      Mich, Herr?
TEMPELHERR.   Ihr kennt mich schon nicht mehr?
KLOSTERBRUDER.
Doch, doch! Ich glaubte nur, dass ich den Herrn
In meinem Leben wieder nie zu sehn
Bekommen würde. Denn ich hofft es zu
Dem lieben Gott. – Der liebe Gott, der weiß
Wie sauer mir der Antrag ward, den ich
Dem Herrn zu tun verbunden war. Er weiß,
Ob ich gewünscht, ein offnes Ohr bei Euch
Zu finden; weiß, wie sehr ich mich gefreut,
Im Innersten gefreut, dass Ihr so rund   2400
Das alles, ohne viel Bedenken, von

Euch wies't, was einem Ritter nicht geziemt. –
Nun kommt Ihr doch; nun hat's doch nachgewirkt!

TEMPELHERR.
Ihr wisst es schon, warum ich komme? Kaum
Weiß ich es selbst.

KLOSTERBRUDER. Ihr habt's nun überlegt;
Habt nun gefunden, dass der Patriarch
So Unrecht doch nicht hat; dass Ehr' und Geld
Durch seinen Anschlag zu gewinnen; dass
Ein Feind ein Feind ist, wenn er unser Engel
Auch siebenmal gewesen wäre. Das,   2410
Das habt Ihr nun mit Fleisch und Blut erwogen,
Und kommt, und tragt Euch wieder an. – Ach Gott!

TEMPELHERR.
Mein frommer, lieber Mann! gebt Euch zufrieden.
Deswegen komm ich nicht; deswegen will
Ich nicht den Patriarchen sprechen. Noch,
Noch denk ich über jenen Punkt, wie ich
Gedacht, und wollt um alles in der Welt
Die gute Meinung nicht verlieren, deren
Mich ein so grader, frommer, lieber Mann
Einmal gewürdiget. – Ich komme bloß,   2420
Den Patriarchen über eine Sache
Um Rat zu fragen ...

KLOSTERBRUDER.   Ihr den Patriarchen?
Ein Ritter, einen – Pfaffen?
(Sich schüchtern umsehend.)

TEMPELHERR.   Ja; – die Sach'
Ist ziemlich pfäffisch.

KLOSTERBRUDER.   Gleichwohl fragt der Pfaffe
Den Ritter nie, die Sache sei auch noch
So ritterlich.

TEMPELHERR.   Weil er das Vorrecht hat,
Sich zu vergehn; das unsereiner ihm
Nicht sehr beneidet. – Freilich, wenn ich nur
Für mich zu handeln hätte; freilich, wenn
Ich Rechenschaft nur mir zu geben hätte: 2430

Was braucht' ich Euers Patriarchen? Aber
Gewisse Dinge will ich lieber schlecht,
Nach andrer Willen, machen; als allein
Nach meinem, gut. – Zudem, ich seh nun wohl,
Religion ist auch Partei; und wer
Sich drob auch noch so unparteiisch glaubt,
Hält, ohn es selbst zu wissen, doch nur seiner
Die Stange. Weil das einmal nun so ist:
Wird's so wohl recht sein.
KLOSTERBRUDER.   Dazu schweig ich lieber.
Denn ich versteh den Herrn nicht recht.
TEMPELHERR.   Und doch! –   2440
(Lass sehn, warum mir eigentlich zu tun!
Um Machtspruch oder Rat? – Um lautern, oder
Gelehrten Rat?) – Ich dank Euch, Bruder; dank
Euch für den guten Wink. – Was Patriarch? –
Seid Ihr mein Patriarch! Ich will ja doch
Den Christen mehr im Patriarchen, als
Den Patriarchen in dem Christen fragen. –
Die Sach' ist die …
KLOSTERBRUDER.   Nicht weiter, Herr, nicht weiter!
Wozu? – Der Herr verkennt mich. – Wer viel weiß,
Hat viel zu sorgen; und ich habe ja   2450
Mich Einer Sorge nur gelobt. – O gut!
Hört! seht! Dort kömmt, zu meinem Glück, er selbst.
Bleibt hier nur stehn. Er hat Euch schon erblickt.

Zweiter Auftritt

Der PATRIARCH, *welcher mit allem geistlichen Pomp den
einen Kreuzgang heraufkömmt, und die* VORIGEN.

TEMPELHERR.
Ich wich' ihm lieber aus. – Wär nicht mein Mann! –
Ein dicker, roter, freundlicher Prälat!
Und welcher Prunk!

KLOSTERBRUDER.   Ihr sollt ihn erst sehn,
  Nach Hofe sich erheben. Itzo kömmt
  Er nur von einem Kranken.
TEMPELHERR.   Wie sich da
  Nicht Saladin wird schämen müssen!
PATRIARCH *(indem er näher kömmt, winkt dem Bruder).*
                             Hier! –
  Das ist ja wohl der Tempelherr. Was will   2460
  Er?
KLOSTERBRUDER.
    Weiß nicht.
PATRIARCH *(auf ihn zugehend, indem der Bruder und das*
  Gefolge zurücktreten).
           Nun, Herr Ritter! – Sehr erfreut
  Den braven jungen Mann zu sehn! – Ei, noch
  So gar jung! – Nun, mit Gottes Hülfe, daraus
  Kann etwas werden.
TEMPELHERR.   Mehr, ehrwürd'ger Herr,
  Wohl schwerlich, als schon ist. Und eher noch,
  Was weniger.
PATRIARCH.   Ich wünsche wenigstens,
  Dass so ein frommer Ritter lange noch
  Der lieben Christenheit, der Sache Gottes
  Zu Ehr' und Frommen blühn und grünen möge!
  Das wird denn auch nicht fehlen, wenn nur fein   2470
  Die junge Tapferkeit dem reifen Rate
  Des Alters folgen will! – Womit wär sonst
  Dem Herrn zu dienen?
TEMPELHERR.   Mit dem nämlichen,
  Woran es meiner Jugend fehlt: mit Rat.
PATRIARCH.
  Recht gern! – Nur ist der Rat auch anzunehmen.
TEMPELHERR. Doch blindlings nicht?
PATRIARCH.   Wer sagt denn das? – Ei freilich
  Muss niemand die Vernunft, die Gott ihm gab,
  Zu brauchen unterlassen, – wo sie hin-

Gehört. – Gehört sie aber überall
Denn hin? – O nein! – Zum Beispiel: wenn uns Gott
Durch einen seiner Engel, – ist zu sagen,   2481
Durch einen Diener seines Worts, – ein Mittel
Bekannt zu machen würdiget, das Wohl
Der ganzen Christenheit, das Heil der Kirche,
Auf irgendeine ganz besondre Weise
Zu fördern, zu befestigen: wer darf
Sich da noch unterstehn, die Willkür des,
Der die Vernunft erschaffen, nach Vernunft
Zu untersuchen? und das ewige
Gesetz der Herrlichkeit des Himmels, nach   2490
Den kleinen Regeln einer eiteln Ehre
Zu prüfen? – Doch hiervon genug. – Was ist
Es denn, worüber unsern Rat für itzt
Der Herr verlangt?
TEMPELHERR.   Gesetzt, ehrwürd'ger Vater,
Ein Jude hätt ein einzig Kind, – es sei
Ein Mädchen, – das er mit der größten Sorgfalt
Zu allem Guten auferzogen, das
Er liebe mehr als seine Seele, das
Ihn wieder mit der frömmsten Liebe liebe.
Und nun würd unsereinem hinterbracht,   2500
Dies Mädchen sei des Juden Tochter nicht;
Er hab' es in der Kindheit aufgelesen,
Gekauft, gestohlen, – was Ihr wollt; man wisse,
Das Mädchen sei ein Christenkind, und sei
Getauft; der Jude hab' es nur als Jüdin
Erzogen; lass es nur als Jüdin und
Als seine Tochter so verharren: – sagt,
Ehrwürd'ger Vater, was wär hierbei wohl
Zu tun?
PATRIARCH.   Mich schaudert! – Doch zuallererst
Erkläre sich der Herr, ob so ein Fall   2510
Ein Faktum oder eine Hypothes'.
Das ist zu sagen: ob der Herr sich das

Nur bloß so dichtet, oder ob's geschehn,
Und fortfährt zu geschehn.
TEMPELHERR.   Ich glaubte, das
Sei eins, um Euer Hochehrwürden Meinung
Bloß zu vernehmen.
PATRIARCH.   Eins? – Da seh' der Herr
Wie sich die stolze menschliche Vernunft
Im Geistlichen doch irren kann. – Mitnichten!
Denn ist der vorgetragne Fall nur so
Ein Spiel des Witzes: so verlohnt es sich   2520
Der Mühe nicht, im Ernst ihn durchzudenken
Ich will den Herrn damit auf das Theater
Verwiesen haben, wo dergleichen pro
Et contra sich mit vielem Beifall könnte
Behandeln lassen. – Hat der Herr mich aber
Nicht bloß mit einer theatral'schen Schnurre
Zum Besten; ist der Fall ein Faktum; hätt
Er sich wohl gar in unsrer Diözes',
In unsrer lieben Stadt Jerusalem,
Eräugnet: – ja alsdann –
TEMPELHERR.   Und was alsdann?   2530
PATRIARCH. Dann wäre mit dem Juden fördersamst
Die Strafe zu vollziehn, die päpstliches
Und kaiserliches Recht so einem Frevel,
So einer Lastertat bestimmen.
TEMPELHERR.   So?
PATRIARCH. Und zwar bestimmen obbesagte Rechte
Dem Juden, welcher einen Christen zur
Apostasie verführt, – den Scheiterhaufen, –
Den Holzstoß –
TEMPELHERR.   So?
PATRIARCH.   Und wie viel mehr dem Juden,
Der mit Gewalt ein armes Christenkind
Dem Bunde seiner Tauf' entreißt! Denn ist   2540
Nicht alles, was man Kindern tut, Gewalt? –
Zu sagen: – ausgenommen, was die Kirch'
An Kindern tut.

TEMPELHERR.   Wenn aber nun das Kind,
Erbarmte seiner sich der Jude nicht,
Vielleicht im Elend umgekommen wäre?
PATRIARCH.
Tut nichts! der Jude wird verbrannt. – Denn besser,
Es wäre hier im Elend umgekommen,
Als dass zu seinem ewigen Verderben
Es so gerettet ward. – Zudem, was hat
Der Jude Gott denn vorzugreifen? Gott   2550
Kann, wen er retten will, schon ohn ihn retten.
TEMPELHERR.
Auch trotz ihm, sollt ich meinen, – selig machen.
PATRIARCH. Tut nichts! der Jude wird verbrannt.
TEMPELHERR.   Das geht
Mir nah'! Besonders, da man sagt, er habe
Das Mädchen nicht sowohl in seinem, als
Vielmehr in keinem Glauben auferzogen,
Und sie von Gott nicht mehr nicht weniger
Gelehrt, als der Vernunft genügt.
PATRIARCH.   Tut nichts!
Der Jude wird verbrannt . . . Ja, wär allein
Schon dieserwegen wert, dreimal verbrannt   2560
Zu werden! – Was? ein Kind ohn allen Glauben
Erwachsen lassen? – Wie? die große Pflicht
Zu glauben, ganz und gar ein Kind nicht lehren?
Das ist zu arg! – Mich wundert sehr, Herr Ritter,
Euch selbst . . .
TEMPELHERR.   Ehrwürd'ger Herr, das Übrige,
Wenn Gott will, in der Beichte. *(Will gehn.)*
PATRIARCH.   Was? mir nun
Nicht einmal Rede stehn? – Den Bösewicht,
Den Juden mir nicht nennen? – mir ihn nicht
Zur Stelle schaffen? – O da weiß ich Rat!
Ich geh sogleich zum Sultan. – Saladin,   2570
Vermöge der Kapitulation,
Die er beschworen, muss uns, muss uns schützen;

Bei allen Rechten, allen Lehren schützen,
Die wir zu unsrer allerheiligsten
Religion nur immer rechnen dürfen!
Gottlob! wir haben das Original.
Wir haben seine Hand, sein Siegel. Wir! –
Auch mach ich ihm gar leicht begreiflich, wie
Gefährlich selber für den Staat es ist,
Nichts glauben! Alle bürgerliche Bande   2580
Sind aufgelöset, sind zerrissen, wenn
Der Mensch nichts glauben darf. – Hinweg! hinweg
Mit solchem Frevel! ...

TEMPELHERR.   Schade, dass ich nicht
Den trefflichen Sermon mit bessrer Muße
Genießen kann! Ich bin zum Saladin
Gerufen.

PATRIARCH.   Ja? – Nun so – Nun freilich – Dann –

TEMPELHERR. Ich will den Sultan vorbereiten, wenn
Es Eurer Hochehrwürden so gefällt.

PATRIARCH. O, oh! – Ich weiß, der Herr hat Gnade funden
Vor Saladin! – Ich bitte meiner nur   2590
Im Besten bei ihm eingedenk zu sein. –
Mich treibt der Eifer Gottes lediglich.
Was ich zu viel tu, tu ich ihm. – Das wolle
Doch ja der Herr erwägen! – Und nicht wahr,
Herr Ritter? das vorhin Erwähnte von
Dem Juden, war nur ein Problema? – ist
Zu sagen –

TEMPELHERR.   Ein Problema. *(Geht ab.)*

PATRIARCH.   *(Dem ich tiefer*
Doch auf den Grund zu kommen suchen muss.
Das wär so wiederum ein Auftrag für
Den Bruder Bonafides.) – Hier, mein Sohn!   2600
(Er spricht im Abgehn mit dem Klosterbruder.)

Dritter Auftritt

Szene: ein Zimmer im Palaste des Saladin, in welches von
Sklaven eine Menge Beutel getragen, und auf dem Boden
nebeneinander gestellt werden.

SALADIN *und bald darauf* SITTAH.

SALADIN *(der dazukömmt)*.
  Nun wahrlich! das hat noch kein Ende. – Ist
  Des Dings noch viel zurück?

EIN SKLAVE.   Wohl noch die Hälfte.

SALADIN. So tragt das Übrige zu Sittah. – Und
  Wo bleibt Al-Hafi? Das hier soll sogleich
  Al-Hafi zu sich nehmen. – Oder ob
  Ich's nicht vielmehr dem Vater schicke? Hier
  Fällt mir es doch nur durch die Finger. – Zwar
  Man wird wohl endlich hart; und nun gewiss
  Soll's Künste kosten, mir viel abzuzwacken.
  Bis wenigstens die Gelder aus Ägypten   2610
  Zur Stelle kommen, mag das Armut sein
  Wie's fertig wird! – Die Spenden bei dem Grabe,
  Wenn die nur fortgehn! Wenn die Christenpilger
  Mit leeren Händen nur nicht abziehn dürfen!
  Wenn nur –

SITTAH.   Was soll nun das? Was soll das Geld
  Bei mir?

SALADIN. Mach dich davon bezahlt; und leg
  Auf Vorrat, wenn was übrig bleibt.

SITTAH.   Ist Nathan
  Noch mit dem Tempelherrn nicht da?

SALADIN.   Er sucht
  Ihn allerorten.

SITTAH.   Sieh doch, was ich hier,
  Indem mir so mein alt Geschmeide durch   2620
  Die Hände geht, gefunden.
  (Ihm ein klein Gemälde zeigend.)

SALADIN.   Ha! mein Bruder!
  Das ist er, ist er! – War er! war er! ah! –

Ah wackrer lieber Junge, dass ich dich
So früh verlor! Was hätt ich erst mit dir,
An deiner Seit' erst unternommen! – Sittah,
Lass mir das Bild. Auch kenn ich's schon: er gab
Es deiner ältern Schwester, seiner Lilla,
Die eines Morgens ihn so ganz und gar
Nicht aus den Armen lassen wollt. Es war
Der letzte, den er ausritt. – Ah, ich ließ   2630
Ihn reiten, und allein! – Ah, Lilla starb
Vor Gram, und hat mir's nie vergeben, dass
Ich so allein ihn reiten lassen. – Er
Blieb weg!

SITTAH.   Der arme Bruder!

SALADIN.   Lass nur gut
Sein! – Einmal bleiben wir doch alle weg! –
Zudem, – wer weiß? Der Tod ist's nicht allein,
Der einem Jüngling seiner Art das Ziel
Verrückt. Er hat der Feinde mehr; und oft
Erliegt der Stärkste gleich dem Schwächsten. – Nun,
Sei wie ihm sei! Ich muss das Bild doch mit   2640
Dem jungen Tempelherrn vergleichen; muss
Doch sehn, wie viel mich meine Phantasie
Getäuscht.

SITTAH.   Nur darum bring ich's. Aber gib
Doch, gib! Ich will dir das wohl sagen; das
Versteht ein weiblich Aug' am besten.

SALADIN (zu einem Türsteher, der hereintritt).   Wer
Ist da? – der Tempelherr? – Er komm'!

SITTAH.   Euch nicht
Zu stören: ihn mit meiner Neugier nicht
Zu irren –
(Sie setzt sich seitwärts auf einen Sofa und lässt den Schleier
fallen.)

SALADIN.   Gut so! gut! – (Und nun sein Ton!
Wie der wohl sein wird! – Assads Ton
Schläft auch wohl wo in meiner Seele noch!)   2650

Vierter Auftritt

Der TEMPELHERR *und* SALADIN.

TEMPELHERR. Ich, dein Gefangner, Sultan ...
SALADIN.   Mein Gefangner?
Wenn ich das Leben schenke, werd ich dem
Nicht auch die Freiheit schenken?
TEMPELHERR.   Was dir ziemt
Zu tun, ziemt mir, erst zu vernehmen, nicht
Vorauszusetzen. Aber, Sultan, – Dank,
Besondern Dank dir für mein Leben zu
Beteuern, stimmt mit meinem Stand und meinem
Charakter nicht. – Es steht in allen Fällen
Zu deinen Diensten wieder.
SALADIN.   Brauch es nur
Nicht wider mich! – Zwar ein paar Hände mehr,   2660
Die gönnt ich meinem Feinde gern. Allein
Ihm so ein Herz auch mehr zu gönnen, fällt
Mir schwer. – Ich habe mich mit dir in nichts
Betrogen, braver junger Mann! Du bist
Mit Seel und Leib mein Assad. Sieh! ich könnte
Dich fragen: wo du denn die ganze Zeit
Gesteckt? in welcher Höhle du geschlafen?
In welchem Ginnistan, von welcher guten
Div diese Blume fort und fort so frisch
Erhalten worden? Sieh! ich könnte dich   2670
Erinnern wollen, was wir dort und dort
Zusammen ausgeführt. Ich könnte mit
Dir zanken, dass du Ein Geheimnis doch
Vor mir gehabt! Ein Abenteuer mir
Doch unterschlagen: – Ja, das könnt ich; wenn
Ich dich nur säh', und nicht auch mich. – Nun, mag's!
Von dieser süßen Träumerei ist immer
Doch so viel wahr, dass mir in meinem Herbst
Ein Assad wieder blühen soll. – Du bist
Es doch zufrieden, Ritter?

TEMPELHERR.   Alles, was   2680
  Von dir mir kömmt, – sei was es will – das lag
  Als Wunsch in meiner Seele.
SALADIN.   Lass uns das
  Sogleich versuchen. – Bliebst du wohl bei mir?
  Um mir? – Als Christ, als Muselmann: gleichviel!
  Im weißen Mantel, oder Jamerlonk;
  Im Tulban, oder deinem Filze: wie
  Du willst! Gleichviel! Ich habe nie verlangt,
  Dass allen Bäumen Eine Rinde wachse.
TEMPELHERR.
  Sonst wärst du wohl auch schwerlich, der du bist:
  Der Held, der lieber Gottes Gärtner wäre.   2690
SALADIN.
  Nun dann; wenn du nicht schlechter von mir denkst:
  So wären wir ja halb schon richtig?
TEMPELHERR.   Ganz!
SALADIN *(ihm die Hand bietend)*.
  Ein Wort?
TEMPELHERR *(einschlagend)*.
              Ein Mann! – Hiermit empfange mehr
  Als du mir nehmen konntest. Ganz der Deine!
SALADIN. Zu viel Gewinn für einen Tag! zu viel! –
  Kam er nicht mit?
TEMPELHERR.   Wer?
SALADIN.   Nathan.
TEMPELHERR *(frostig)*.   Nein. Ich kam
  Allein.
SALADIN.   Welch eine Tat von dir! Und welch
  Ein weises Glück, dass eine solche Tat
  Zum Besten eines solchen Mannes ausschlug.
TEMPELHERR. Ja, ja!
SALADIN.   So kalt? – Nein, junger Mann! wenn Gott
  Was Gutes durch uns tut, muss man so kalt   2701
  Nicht sein! – selbst aus Bescheidenheit so kalt
  Nicht scheinen wollen!

TEMPELHERR.   Dass doch in der Welt
  Ein jedes Ding so manche Seiten hat! –
  Von denen oft sich gar nicht denken lässt,
  Wie sie zusammenpassen!
SALADIN.   Halte dich
  Nur immer an die best', und preise Gott!
  Der weiß, wie sie zusammenpassen. – Aber,
  Wenn du so schwierig sein willst, junger Mann:
  So werd auch ich ja wohl auf meiner Hut   2710
  Mich mit dir halten müssen? Leider bin
  Auch ich ein Ding von vielen Seiten, die
  Oft nicht so recht zu passen scheinen mögen.
TEMPELHERR.
  Das schmerzt! – Denn Argwohn ist so wenig sonst
  Mein Fehler –
SALADIN.   Nun, so sage doch, mit wem
  Du's hast? – Es schien ja gar, mit Nathan. Wie?
  Auf Nathan Argwohn? du? – Erklär dich! sprich!
  Komm, gib mir deines Zutrauns erste Probe.
TEMPELHERR. Ich habe wider Nathan nichts. Ich zürn
  Allein mit mir –
SALADIN.   Und über was?
TEMPELHERR.   Dass mir   2720
  Geträumt, ein Jude könn' auch wohl ein Jude
  Zu sein verlernen; dass mir wachend so
  Geträumt.
SALADIN.   Heraus mit diesem wachen Traume!
TEMPELHERR. Du weißt von Nathans Tochter, Sultan. Was
  Ich für sie tat, das tat ich, – weil ich's tat.
  Zu stolz, Dank einzuernten, wo ich ihn
  Nicht säete, verschmäht ich Tag für Tag
  Das Mädchen noch einmal zu sehn. Der Vater
  War fern; er kömmt; er hört; er sucht mich auf;
  Er dankt; er wünscht, dass seine Tochter mir   2730
  Gefallen möge; spricht von Aussicht, spricht
  Von heitern Fernen. – Nun, ich lasse mich

Beschwatzen, komme, sehe, finde wirklich
Ein Mädchen ... Ah, ich muss mich schämen, Sultan! –
SALADIN. Dich schämen? – dass ein Judenmädchen auf
Dich Eindruck machte: doch wohl nimmermehr?
TEMPELHERR. Dass diesem Eindruck, auf das liebliche
Geschwätz des Vaters hin, mein rasches Herz
So wenig Widerstand entgegensetzte! –
Ich Tropf! ich sprang zum zweiten Mal ins Feuer. –   2740
Denn nun warb ich, und nun ward ich verschmäht.
SALADIN. Verschmäht?
TEMPELHERR.   Der weise Vater schlägt nun wohl
Mich platterdings nicht aus. Der weise Vater
Muss aber doch sich erst erkunden, erst
Besinnen. Allerdings! Tat ich denn das
Nicht auch? Erkundete, besann ich denn
Mich erst nicht auch, als sie im Feuer schrie? –
Fürwahr! bei Gott! Es ist doch gar was Schönes,
So weise, so bedächtig sein!
SALADIN.   Nun, nun!
So sieh doch einem Alten etwas nach!   2750
Wie lange können seine Weigerungen
Denn dauern? Wird er denn von dir verlangen,
Dass du erst Jude werden sollst?
TEMPELHERR.   Wer weiß!
SALADIN. Wer weiß? – der diesen Nathan besser kennt.
TEMPELHERR. Der Aberglaub', in dem wir aufgewachsen,
Verliert, auch wenn wir ihn erkennen, darum
Doch seine Macht nicht über uns. – Es sind
Nicht alle frei, die ihrer Ketten spotten.
SALADIN.
Sehr reif bemerkt! Doch Nathan wahrlich, Nathan ...
TEMPELHERR.
Der Aberglauben schlimmster ist, den seinen   2760
Für den erträglichern zu halten ...
SALADIN.   Mag
Wohl sein! Doch Nathan ...

TEMPELHERR.   Dem allein
  Die blöde Menschheit zu vertrauen, bis
  Sie hellern Wahrheitstag gewöhne; dem
  Allein ...
SALADIN.   Gut! Aber Nathan! – Nathans Los
  Ist diese Schwachheit nicht.
TEMPELHERR.   So dacht ich auch! ...
  Wenn gleichwohl dieser Ausbund aller Menschen
  So ein gemeiner Jude wäre, dass
  Er Christenkinder zu bekommen suche,
  Um sie als Juden aufzuziehn: – wie dann?   2770
SALADIN. Wer sagt ihm so was nach?
TEMPELHERR.   Das Mädchen selbst,
  Mit welcher er mich körnt, mit deren Hoffnung
  Er gern mir zu bezahlen schiene, was
  Ich nicht umsonst für sie getan soll haben: –
  Dies Mädchen selbst, ist seine Tochter – nicht;
  Ist ein verzettelt Christenkind.
SALADIN.   Das er
  Dem ungeachtet dir nicht geben wollte?
TEMPELHERR (heftig).
  Woll' oder wolle nicht! Er ist entdeckt.
  Der tolerante Schwätzer ist entdeckt!
  Ich werde hinter diesen jüd'schen Wolf   2780
  Im philosoph'schen Schafpelz, Hunde schon
  Zu bringen wissen, die ihn zausen sollen!
SALADIN (ernst). Sei ruhig, Christ!
TEMPELHERR.   Was? ruhig Christ? – Wenn Jud'
  Und Muselmann, auf Jud', auf Muselmann
  Bestehen: soll allein der Christ den Christen
  Nicht machen dürfen?
SALADIN (noch ernster).   Ruhig, Christ!
TEMPELHERR (gelassen).   Ich fühle
  Des Vorwurfs ganze Last, – die Saladin
  In diese Silbe presst! Ah, wenn ich wüsste,
  Wie Assad, – Assad sich an meiner Stelle
  Hierbei genommen hätte!

SALADIN.   Nicht viel besser! –   2790
  Vermutlich, ganz so brausend! – Doch, wer hat
  Denn dich auch schon gelehrt, mich so wie er
  Mit Einem Worte zu bestechen? Freilich
  Wenn alles sich verhält, wie du mir sagest:
  Kann ich mich selber kaum in Nathan finden. –
  Indes, er ist mein Freund, und meiner Freunde
  Muss keiner mit dem andern hadern. – Lass
  Dich weisen! Geh behutsam! Gib ihn nicht
  Sofort den Schwärmern deines Pöbels preis!
  Verschweig, was deine Geistlichkeit, an ihm   2800
  Zu rachen, mir so nahe legen würde!
  Sei keinem Juden, keinem Muselmanne
  Zum Trotz ein Christ!
TEMPELHERR.   Bald wär's damit zu spät!
  Doch dank der Blutbegier des Patriarchen,
  Des Werkzeug mir zu werden graute!
SALADIN.   Wie?
  Du kamst zum Patriarchen eher, als
  Zu mir?
TEMPELHERR. Im Sturm der Leidenschaft, im Wirbel
  Der Unentschlossenheit! – Verzeih! – Du wirst
  Von deinem Assad, fürcht ich, ferner nun
  Nichts mehr in mir erkennen wollen.
SALADIN.   Wär   2810
  Es diese Furcht nicht selbst! Mich dünkt, ich weiß,
  Aus welchen Fehlern unsre Tugend keimt.
  Pfleg diese ferner nur, und jene sollen
  Bei mir dir wenig schaden. – Aber geh!
  Such du nun Nathan, wie er dich gesucht;
  Und bring ihn her. Ich muss euch doch zusammen
  Verständigen. – Wär um das Mädchen dir
  Im Ernst zu tun: sei ruhig. Sie ist dein!
  Auch soll es Nathan schon empfinden, dass
  Er ohne Schweinefleisch ein Christenkind   2820
  Erziehen dürfen! – Geh!
  (Der Tempelherr geht ab, und Sittah verlässt den Sofa.)

Fünfter Auftritt

SALADIN *und* SITTAH.

SITTAH.   Ganz sonderbar!

SALADIN. Gelt, Sittah? Muss mein Assad nicht ein braver,
Ein schöner junger Mann gewesen sein?

SITTAH. Wenn er so war, und nicht zu diesem Bilde
Der Tempelherr vielmehr gesessen! – Aber
Wie hast du doch vergessen können dich
Nach seinen Eltern zu erkundigen?

SALADIN. Und insbesondre wohl nach seiner Mutter?
Ob seine Mutter hierzulande nie
Gewesen sei? – Nicht wahr?

SITTAH.   Das machst du gut!   2830

SALADIN. O, möglicher wär nichts! Denn Assad war
Bei hübschen Christendamen so willkommen,
Auf hübsche Christendamen so erpicht,
Dass einmal gar die Rede ging – Nun, nun;
Man spricht nicht gern davon. – Genug; ich hab
Ihn wieder! – will mit allen seinen Fehlern,
Mit allen Launen seines weichen Herzens
Ihn wieder haben! – Oh! das Mädchen muss
Ihm Nathan geben. Meinst du nicht?

SITTAH.   Ihm geben?
Ihm lassen!

SALADIN.   Allerdings! Was hätte Nathan,   2840
Sobald er nicht ihr Vater ist, für Recht
Auf sie? Wer ihr das Leben so erhielt,
Tritt einzig in die Rechte des, der ihr
Es gab.

SITTAH.   Wie also, Saladin? wenn du
Nur gleich das Mädchen zu dir nähmst? Sie nur
Dem unrechtmäßigen Besitzer gleich
Entzögest?

SALADIN.   Täte das wohl Not?

SITTAH.   Not nun

Wohl eben nicht! – Die liebe Neubegier
Treibt mich allein, dir diesen Rat zu geben.
Denn von gewissen Männern mag ich gar 2850
Zu gern, so bald wie möglich, wissen, was
Sie für ein Mädchen lieben können.

SALADIN.   Nun,
So schick und lass sie holen.

SITTAH.   Darf ich, Bruder?

SALADIN. Nur schone Nathans! Nathan muss durchaus
Nicht glauben, dass man mit Gewalt ihn von
Ihr trennen wolle.

SITTAH.   Sorge nicht.

SALADIN.   Und ich,
Ich muss schon selbst sehn, wo Al Hafi bleibt.

Sechster Auftritt

Szene: die offne Flur in Nathans Hause, gegen die Palmen zu;
wie im ersten Auftritte des ersten Aufzuges.

*Ein Teil der Waren und Kostbarkeiten liegt ausgekramt, deren
ebendaselbst gedacht wird.* NATHAN *und* DAJA.

DAJA. O, alles herrlich! alles auserlesen!
O, alles – wie nur Ihr es geben könnt.
Wo wird der Silberstoff mit goldnen Ranken 2860
Gemacht? Was kostet er? – Das nenn ich noch
Ein Brautkleid! Keine Königin verlangt
Es besser.

NATHAN.   Brautkleid? Warum Brautkleid eben?

DAJA. Je nun! Ihr dachtet daran freilich nicht,
Als Ihr ihn kauftet. – Aber wahrlich, Nathan,
Der und kein andrer muss es sein! Er ist
Zum Brautkleid wie bestellt. Der weiße Grund;
Ein Bild der Unschuld: und die goldnen Ströme,
Die allerorten diesen Grund durchschlängeln;
Ein Bild des Reichtums. Seht Ihr? Allerliebst! 2870

NATHAN. Was witzelst du mir da? Von wessen Brautkleid
Sinnbilderst du mir so gelehrt? – Bist du
Denn Braut?
DAJA.   Ich?
NATHAN.   Nun wer denn?
DAJA.   Ich? – lieber Gott!
NATHAN.
Wer denn? Von wessen Brautkleid sprichst du denn? –
Das alles ist ja dein, und keiner andern.
DAJA. Ist mein? Soll mein sein? – Ist für Recha nicht?
NATHAN. Was ich für Recha mitgebracht, das liegt
In einem andern Ballen. Mach! nimm weg!
Trag deine Siebensachen fort!
DAJA.   Versucher!
Nein, wären es die Kostbarkeiten auch   2880
Der ganzen Welt! Nicht rühr an! wenn Ihr mir
Vorher nicht schwört, von dieser einzigen
Gelegenheit, dergleichen Euch der Himmel
Nicht zweimal schicken wird, Gebrauch zu machen.
NATHAN. Gebrauch? von was? – Gelegenheit? wozu?
DAJA. O stellt Euch nicht so fremd! – Mit kurzen Worten!
Der Tempelherr liebt Recha: gebt sie ihm,
So hat doch einmal Eure Sünde, die
Ich länger nicht verschweigen kann, ein Ende.
So kömmt das Mädchen wieder unter Christen;   2890
Wird wieder was sie ist; ist wieder, was
Sie ward: und Ihr, Ihr habt mit all dem Guten,
Das wir Euch nicht genug verdanken können,
Nicht Feuerkohlen bloß auf Euer Haupt
Gesammelt.
NATHAN.   Doch die alte Leier wieder? –
Mit einer neuen Saite nur bezogen,
Die, fürcht ich, weder stimmt noch hält.
DAJA.   Wieso?
NATHAN.
Mir wär der Tempelherr schon recht. Ihm gönnt

Ich Recha mehr als einem in der Welt.
Allein ... Nun, habe nur Geduld!
DAJA.   Geduld?   2900
Geduld, ist Eure alte Leier nun
Wohl nicht?
NATHAN.   Nur wenig Tage noch Geduld! ...
Sieh doch! – Wer kömmt denn dort? Ein Klosterbruder?
Geh, frag ihn was er will.
DAJA.   Was wird er wollen?
(Sie geht auf ihn zu und fragt.)
NATHAN. So gib! – und eh er bittet. – (Wüsst ich nur
Dem Tempelherrn erst beizukommen, ohne
Die Ursach meiner Neugier ihm zu sagen!
Denn wenn ich sie ihm sag, und der Verdacht
Ist ohne Grund: so hab ich ganz umsonst
Den Vater auf das Spiel gesetzt.) – Was ist's?   2910
DAJA. Er will Euch sprechen.
NATHAN.   Nun, so lass ihn kommen;
Und geh indes.

Siebenter Auftritt

NATHAN *und der* KLOSTERBRUDER.

NATHAN.   (Ich bliebe Rechas Vater
Doch gar zu gern! – Zwar kann ich's denn nicht bleiben,
Auch wenn ich aufhör, es zu heißen? – Ihr,
Ihr selbst werd ich's doch immer auch noch heißen,
Wenn sie erkennt, wie gern ich's wäre.) – Geh! –
Was ist zu Euern Diensten, frommer Bruder?
KLOSTERBRUDER.
Nicht eben viel. – Ich freue mich, Herr Nathan,
Euch annoch wohl zu sehn.
NATHAN.   So kennt Ihr mich?
KLOSTERBRUDER.
Je nu; wer kennt Euch nicht? Ihr habt so manchem   2920

Ja Euern Namen in die Hand gedrückt.
Er steht in meiner auch, seit vielen Jahren.

NATHAN *(nach seinem Beutel langend)*.
Kommt, Bruder, kommt; ich frisch ihn auf.

KLOSTERBRUDER.   Habt Dank!
Ich würd es Ärmern stehlen; nehme nichts. –
Wenn Ihr mir nur erlauben wollt, ein wenig
Euch meinen Namen aufzufrischen. Denn
Ich kann mich rühmen, auch in Eure Hand
Etwas gelegt zu haben, was nicht zu
Verachten war.

NATHAN.   Verzeiht! – Ich schäme mich –
Sagt, was? – und nehmt zur Buße siebenfach   2930
Den Wert desselben von mir an.

KLOSTERBRUDER.   Hört doch
Vor allen Dingen, wie ich selber nur
Erst heut an dies mein Euch vertrautes Pfand
Erinnert worden.

NATHAN.   Mir vertrautes Pfand?

KLOSTERBRUDER. Vor kurzem saß ich noch als Eremit
Auf Quarantana, unweit Jericho.
Da kam arabisch Raubgesindel, brach
Mein Gotteshäuschen ab und meine Zelle,
Und schleppte mich mit fort. Zum Glück entkam
Ich noch, und floh hierher zum Patriarchen,   2940
Um mir ein ander Plätzchen auszubitten,
Allwo ich meinem Gott in Einsamkeit
Bis an mein selig Ende dienen könne.

NATHAN. Ich steh auf Kohlen, guter Bruder. Macht
Es kurz. Das Pfand! das mir vertraute Pfand!

KLOSTERBRUDER.
Sogleich, Herr Nathan. – Nun, der Patriarch
Versprach mir eine Siedelei auf Tabor,
Sobald als eine leer; und hieß inzwischen
Im Kloster mich als Laienbruder bleiben.
Da bin ich itzt, Herr Nathan; und verlange   2950

Des Tags wohl hundertmal auf Tabor. Denn
Der Patriarch braucht mich zu allerlei,
Wovor ich großen Ekel habe. Zum
Exempel:
NATHAN.   Macht, ich bitt Euch!
KLOSTERBRUDER.   Nun, es kömmt! –
Da hat ihm jemand heut ins Ohr gesetzt:
Es lebe hier herum ein Jude, der
Ein Christenkind als seine Tochter sich
Erzöge.
NATHAN. Wie? *(Betroffen.)*
KLOSTERBRUDER.   Hört mich nur aus! – Indem
Er mir nun aufträgt, diesem Juden stracks,
Wo möglich, auf die Spur zu kommen, und   2960
Gewaltig sich ob eines solchen Frevels
Erzürnt, der ihm die wahre Sünde wider
Den heil'gen Geist bedünkt; – das ist, die Sünde,
Die aller Sünden größte Sünd' uns gilt,
Nur dass wir, Gott sei Dank, so recht nicht wissen,
Worin sie eigentlich besteht: – da wacht
Mit einmal mein Gewissen auf; und mir
Fällt bei, ich könnte selber wohl vorzeiten
Zu dieser unverzeihlich großen Sünde
Gelegenheit gegeben haben. – Sagt: 2970
Hat Euch ein Reitknecht nicht vor achtzehn Jahren
Ein Töchterchen gebracht von wenig Wochen?
NATHAN. Wie das? – Nun freilich – allerdings –
KLOSTERBRUDER.   Ei, seht
Mich doch recht an! – Der Reitknecht, der bin ich.
NATHAN.
Seid Ihr?
KLOSTERBRUDER.
          Der Herr, von welchem ich's Euch brachte,
War – ist mir recht – ein Herr von Filnek. – Wolf
Von Filnek!
NATHAN.   Richtig!

KLOSTERBRUDER.   Weil die Mutter kurz
  Vorher gestorben war; und sich der Vater
  Nach – mein ich – Gazza plötzlich werfen musste,
  Wohin das Würmchen ihm nicht folgen konnte: 2980
  So sandt' er's Euch. Und traf ich Euch damit
  Nicht in Darun?
NATHAN.   Ganz recht!
KLOSTERBRUDER.   Es wär kein Wunder,
  Wenn mein Gedächtnis mich betrög'. Ich habe
  Der braven Herrn so viel gehabt; und diesem
  Hab ich nur gar zu kurze Zeit gedient.
  Er blieb bald drauf bei Askalon; und war
  Wohl sonst ein lieber Herr.
NATHAN.   Jawohl! jawohl!
  Dem ich so viel, so viel zu danken habe!
  Der mehr als einmal mich dem Schwert entrissen!
KLOSTERBRUDER.
  O schön! So werd't Ihr seines Töchterchens   2990
  Euch umso lieber angenommen haben.
NATHAN. Das könnt Ihr denken.
KLOSTERBRUDER.   Nun, wo ist es denn?
  Es ist doch wohl nicht etwa gar gestorben? –
  Lasst's lieber nicht gestorben sein! – Wenn sonst
  Nur niemand um die Sache weiß: so hat
  Es gute Wege.
NATHAN.   Hat es?
KLOSTERBRUDER.   Traut mir, Nathan!
  Denn seht, ich denke so! Wenn an das Gute,
  Das ich zu tun vermeine, gar zu nah
  Was gar zu Schlimmes grenzt: so tu ich lieber
  Das Gute nicht; weil wir das Schlimme zwar   3000
  So ziemlich zuverlässig kennen, aber
  Bei weiten nicht das Gute. – War ja wohl
  Natürlich; wenn das Christentöchterchen
  Recht gut von Euch erzogen werden sollte:
  Dass Ihr's als Euer eigen Töchterchen

Erzögt. – Das hättet Ihr mit aller Lieb'
Und Treue nun getan, und müsstet so
Belohnet werden? Das will mir nicht ein.
Ei freilich, klüger hättet Ihr getan;
Wenn Ihr die Christin durch die zweite Hand   3010
Als Christin auferziehen lassen: aber
So hättet Ihr das Kindchen Eures Freunds
Auch nicht geliebt. Und Kinder brauchen Liebe,
Wär's eines wilden Tieres Lieb' auch nur,
In solchen Jahren mehr, als Christentum.
Zum Christentume hat's noch immer Zeit.
Wenn nur das Mädchen sonst gesund und fromm
Vor Euern Augen aufgewachsen ist,
So blieb's vor Gottes Augen, was es war.
Und ist denn nicht das ganze Christentum   3020
Aufs Judentum gebaut? Es hat mich oft
Geärgert, hat mir Tränen g'nug gekostet,
Wenn Christen gar so sehr vergessen konnten,
Dass unser Herr ja selbst ein Jude war.
NATHAN. Ihr, guter Bruder, müsst mein Fürsprach sein,
Wenn Hass und Gleisnerei sich gegen mich
Erheben sollten, – wegen einer Tat –
Ah, wegen einer Tat! – Nur Ihr, Ihr sollt
Sie wissen! – Nehmt sie aber mit ins Grab!
Noch hat mich nie die Eitelkeit versucht,   3030
Sie jemand andern zu erzählen. Euch
Allein erzähl ich sie. Der frommen Einfalt
Allein erzähl ich sie. Weil die allein
Versteht, was sich der gottergebne Mensch
Für Taten abgewinnen kann.
KLOSTERBRUDER.   Ihr seid
Gerührt, und Euer Auge steht voll Wasser?
NATHAN. Ihr traft mich mit dem Kinde zu Darun.
Ihr wisst wohl aber nicht, dass wenig Tage
Zuvor, in Gath die Christen alle Juden
Mit Weib und Kind ermordet hatten; wisst   3040

Wohl nicht, dass unter diesen meine Frau
Mit sieben hoffnungsvollen Söhnen sich
Befunden, die in meines Bruders Hause,
Zu dem ich sie geflüchtet, insgesamt
Verbrennen müssen.

KLOSTERBRUDER.   Allgerechter!

NATHAN.   Als
Ihr kamt, hatt ich drei Tag' und Nächt' in Asch'
Und Staub vor Gott gelegen, und geweint. –
Geweint? Beiher mit Gott auch wohl gerechtet,
Gezürnt, getobt, mich und die Welt verwünscht;
Der Christenheit den unversöhnlichsten   3050
Hass zugeschworen –

KLOSTERBRUDER.   Ach! Ich glaub's Euch wohl!

NATHAN. Doch nun kam die Vernunft allmählig wieder.
Sie sprach mit sanfter Stimm': »Und doch ist Gott!
Doch war auch Gottes Ratschluss das! Wohlan!
Komm! übe, was du längst begriffen hast;
Was sicherlich zu üben schwerer nicht,
Als zu begreifen ist, wenn du nur willst.
Steh auf!« – Ich stand! und rief zu Gott: ich will!
Willst du nur, dass ich will! – Indem stiegt Ihr
Vom Pferd', und überreichtet mir das Kind,   3060
In Euern Mantel eingehüllt. – Was Ihr
Mir damals sagtet; was ich Euch: hab ich
Vergessen. So viel weiß ich nur; ich nahm
Das Kind, trug's auf mein Lager, küsst es, warf
Mich auf die Knie' und schluchzte: Gott! auf Sieben
Doch nun schon Eines wieder!

KLOSTERBRUDER.   Nathan! Nathan!
Ihr seid ein Christ! – Bei Gott, Ihr seid ein Christ!
Ein bessrer Christ war nie!

NATHAN.   Wohl uns! Denn was
Mich Euch zum Christen macht, das macht Euch mir
Zum Juden! – Aber lasst uns länger nicht   3070
Einander nur erweichen. Hier braucht's Tat!
Und ob mich siebenfache Liebe schon

Bald an dies einz'ge fremde Mädchen band;
Ob der Gedanke mich schon tötet, dass
Ich meine sieben Söhn' in ihr aufs Neue
Verlieren soll: – wenn sie von meinen Händen
Die Vorsicht wieder fodert, – ich gehorche!

KLOSTERBRUDER.
Nun vollends! – Eben das bedacht ich mich
So viel, Euch anzuraten! Und so hat's
Euer Euer guter Geist schon angeraten! 3080

NATHAN. Nur muss der erste Beste mir sie nicht
Entreißen wollen!

KLOSTERBRUDER.   Nein, gewiss nicht!

NATHAN.   Wer
Auf sie nicht größre Rechte hat, als ich;
Muss frühere zum mind'sten haben –

KLOSTERBRUDER.   Freilich!

NATHAN. Die ihm Natur und Blut erteilen.

KLOSTERBRUDER.   So
Mein ich es auch!

NATHAN.   Drum nennt mir nur geschwind
Den Mann, der ihr als Bruder oder Ohm,
Als Vetter oder sonst als Sipp' verwandt:
Ihm will ich sie nicht vorenthalten – Sie,
Die jedes Hauses, jedes Glaubens Zierde 3090
Zu sein erschaffen und erzogen ward. –
Ich hoff, Ihr wisst von diesem Euern Herrn
Und dem Geschlechte dessen, mehr als ich.

KLOSTERBRUDER.
Das, guter Nathan, wohl nun schwerlich! – Denn
Ihr habt ja schon gehört, dass ich nur gar
Zu kurze Zeit bei ihm gewesen.

NATHAN.   Wisst
Ihr denn nicht wenigstens, was für Geschlechts
Die Mutter war? – War sie nicht eine Stauffin?

KLOSTERBRUDER.
Wohl möglich! – Ja, mich dünkt.

NATHAN.   Hieß nicht ihr Bruder
  Conrad von Stauffen? – und war Tempelherr?   3100
KLOSTERBRUDER.
  Wenn mich's nicht triegt. Doch halt! Da fällt mir ein,
  Dass ich vom sel'gen Herrn ein Büchelchen
  Noch hab. Ich zog's ihm aus dem Busen, als
  Wir ihn bei Askalon verscharrten.
NATHAN.   Nun?
KLOSTERBRUDER. Es sind Gebete drin. Wir nennen's ein
  Brevier. – Das, dacht ich, kann ein Christenmensch
  Ja wohl noch brauchen. – Ich nun freilich nicht –
  Ich kann nicht lesen –
NATHAN.   Tut nichts! – Nur zur Sache.
KLOSTERBRUDER.
  In diesem Büchelchen stehn vorn und hinten,
  Wie ich mir sagen lassen, mit des Herrn   3110
  Selbsteigner Hand, die Angehörigen
  Von ihm und ihr geschrieben.
NATHAN.   O erwünscht!
  Geht! lauft! holt mir das Büchelchen. Geschwind!
  Ich bin bereit mit Gold es aufzuwiegen;
  Und tausend Dank dazu! Eilt! lauft!
KLOSTERBRUDER.   Recht gern!
  Es ist Arabisch aber, was der Herr
  Hineingeschrieben. *(Ab.)*
NATHAN.   Einerlei! Nur her! –
  Gott! wenn ich doch das Mädchen noch behalten,
  Und einen solchen Eidam mir damit
  Erkaufen könnte! – Schwerlich wohl! – Nun, fall'   3120
  Es aus, wie's will! – Wer mag es aber denn
  Gewesen sein, der bei dem Patriarchen
  So etwas angebracht? Das muss ich doch
  Zu fragen nicht vergessen. – Wenn es gar
  Von Daja käme?

Achter Auftritt

DAJA *und* NATHAN.

DAJA *(eilig und verlegen).*
                    Denkt doch, Nathan!
NATHAN.   Nun?
DAJA. Das arme Kind erschrak wohl recht darüber!
  Da schickt ...
NATHAN.   Der Patriarch?
DAJA.   Des Sultans Schwester,
  Prinzessin Sittah ...
NATHAN.   Nicht der Patriarch?
DAJA. Nein, Sittah! – Hört Ihr nicht? – Prinzessin Sittah
  Schickt her, und lässt sie zu sich holen.
NATHAN.   Wen?   3130
  Lässt Recha holen? – Sittah lässt sie holen? –
  Nun; wenn sie Sittah holen lässt, und nicht
  Der Patriarch ...
DAJA.   Wie kommt Ihr denn auf den?
NATHAN. So hast du kürzlich nichts von ihm gehört?
  Gewiss nicht? Auch ihm nichts gesteckt?
DAJA.   Ich? ihm?
NATHAN. Wo sind die Boten?
DAJA.   Vorn.
NATHAN.   Ich will sie doch
  Aus Vorsicht selber sprechen. Komm! – Wenn nur
  Vom Patriarchen nichts dahinter steckt. *(Ab.)*
DAJA. Und ich – ich fürchte ganz was anders noch.
  Was gilt's? die einzige vermeinte Tochter   3140
  So eines reichen Juden wär auch wohl
  Für einen Muselmann nicht übel? – Hui,
  Der Tempelherr ist drum. Ist drum: wenn ich
  Den zweiten Schritt nicht auch noch wage; nicht
  Auch ihr noch selbst entdecke, wer sie ist! –
  Getrost! Lass mich den ersten Augenblick,
  Den ich allein sie habe, dazu brauchen!

Und der wird sein – vielleicht nun eben, wenn
Ich sie begleite. So ein erster Wink
Kann unterwegens wenigstens nicht schaden.   3150
Ja, ja! Nur zu! Itzt oder nie! Nur zu! *(Ihm nach.)*

Fünfter Aufzug

Erster Auftritt

Szene: das Zimmer in Saladins Palaste, in welches die Beutel
mit Geld getragen worden, die noch zu sehen.

SALADIN *und bald darauf verschiedne* MAMELUCKEN.

SALADIN *(im Hereintreten)*.
Da steht das Geld nun noch! Und niemand weiß
Den Derwisch aufzufinden, der vermutlich
Ans Schachbrett irgendwo geraten ist,
Das ihn wohl seiner selbst vergessen macht; –
Warum nicht meiner? – Nun, Geduld! Was gibt's?
EIN MAMELUCK.
Erwünschte Nachricht, Sultan! Freude, Sultan! …
Die Karawane von Kahira kömmt;
Ist glücklich da! mit siebenjährigem
Tribut des reichen Nils.
SALADIN.   Brav, Ibrahim!   3160
Du bist mir wahrlich ein willkommner Bote! –
Ha! endlich einmal! endlich! – Habe Dank
Der guten Zeitung.
DER MAMELUCK *(wartend)*.   (Nun? nur her damit!)
SALADIN. Was wart'st du? – Geh nur wieder.
DER MAMELUCK.   Dem Willkommnen
Sonst nichts?
SALADIN.   Was denn noch sonst?
DER MAMELUCK.   Dem guten Boten
Kein Botenbrot? – So wär ich ja der Erste,
Den Saladin mit Worten abzulohnen,
Doch endlich lernte? – Auch ein Ruhm! – Der Erste,
Mit dem er knickerte.
SALADIN.   So nimm dir nur
Dort einen Beutel.

DER MAMELUCK.   Nein, nun nicht! Du kannst   3170
  Mir sie nun alle schenken wollen.
SALADIN.   Trotz! –
  Komm her! Da hast du zwei. – Im Ernst? er geht?
  Tut mir's an Edelmut zuvor? – Denn sicher
  Muss ihm es saurer werden, auszuschlagen,
  Als mir zu geben. – Ibrahim! – Was kömmt
  Mir denn auch ein, so kurz vor meinem Abtritt
  Auf einmal ganz ein andrer sein zu wollen? –
  Will Saladin als Saladin nicht sterben? –
  So musst er auch als Saladin nicht leben.
EIN ZWEITER MAMELUCK.
  Nun, Sultan! ...
SALADIN.   Wenn du mir zu melden kömmst ...   3180
ZWEITER MAMELUCK.
  Dass aus Ägypten der Transport nun da!
SALADIN. Ich weiß schon.
ZWEITER MAMELUCK.   Kam ich doch zu spät!
SALADIN.   Warum
  Zu spät? – Da nimm für deinen guten Willen
  Der Beutel einen oder zwei.
ZWEITER MAMELUCK.   Macht drei!
SALADIN.
  Ja, wenn du rechnen kannst! – So nimm sie nur.
ZWEITER MAMELUCK.
  Es wird wohl noch ein Dritter kommen, – wenn
  Er anders kommen kann.
SALADIN.   Wie das?
ZWEITER MAMELUCK.   Je nu;
  Er hat auch wohl den Hals gebrochen! Denn
  Sobald wir drei der Ankunft des Transports
  Versichert waren, sprengte jeder frisch   3190
  Davon. Der Vorderste, der stürzt; und so
  Komm ich nun vor, und bleib auch vor bis in
  Die Stadt; wo aber Ibrahim, der Lecker,
  Die Gassen besser kennt.

SALADIN.   O der gestürzte!
  Freund, der gestürzte! – Reit ihm doch entgegen.
ZWEITER MAMELUCK.
  Das werd ich ja wohl tun! – Und wenn er lebt:
  So ist die Hälfte dieser Beutel sein. *(Geht ab.)*
SALADIN. Sieh, welch ein guter edler Kerl auch das! –
  Wer kann sich solcher Mamelucken rühmen?
  Und wär mir denn zu denken nicht erlaubt,   3200
  Dass sie mein Beispiel bilden helfen? – Fort
  Mit dem Gedanken, sie zu guter Letzt
  Noch an ein anders zu gewöhnen! ...
EIN DRITTER MAMELUCK.   Sultan, ...
SALADIN. Bist du's, der stürzte?
DRITTER MAMELUCK.   Nein. Ich melde nur, –
  Dass Emir Mansor, der die Karawane
  Geführt, vom Pferde steigt ...
SALADIN.   Bring ihn! geschwind! –
  Da ist er ja! –

Zweiter Auftritt

EMIR MANSOR *und* SALADIN.

SALADIN.   Willkommen, Emir! Nun,
  Wie ist's gegangen? – Mansor, Mansor, hast
  Uns lange warten lassen!
MANSOR.   Dieser Brief
  Berichtet, was dein Abulkassem erst   3210
  Für Unruh' in Thebais dämpfen müssen:
  Eh wir es wagen durften abzugehen.
  Den Zug darauf hab ich beschleuniget
  So viel, wie möglich war.
SALADIN.   Ich glaube dir! –
  Und nimm nur, guter Mansor, nimm sogleich ...
  Du tust es aber doch auch gern? ... nimm frische
  Bedeckung nur sogleich. Du musst sogleich

Noch weiter; musst der Gelder größern Teil
Auf Libanon zum Vater bringen.
MANSOR.   Gern!
  Sehr gern!
SALADIN.   Und nimm dir die Bedeckung ja   3220
Nur nicht zu schwach. Es ist um Libanon
Nicht alles mehr so sicher. Hast du nicht
Gehört? Die Tempelherrn sind wieder rege.
Sei wohl auf deiner Hut! – Komm nur! Wo hält
Der Zug? Ich will ihn sehn; und alles selbst
Betreiben. – Ihr! ich bin sodann bei Sittah.

Dritter Auftritt

Szene: die Palmen vor Nathans Hause, wo der TEMPELHERR
auf und nieder geht.

Ins Haus nun will ich einmal nicht. – Er wird
Sich endlich doch wohl sehen lassen! – Man
Bemerkte mich ja sonst so bald, so gern! –
Will's noch erleben, dass er sich's verbittet,   3230
Vor seinem Hause mich so fleißig finden
Zu lassen. – Hm! – ich bin doch aber auch
Sehr ärgerlich. – Was hat mich denn nun so
Erbittert gegen ihn? – Er sagte ja:
Noch schlüg' er mir nichts ab. Und Saladin
Hat's über sich genommen, ihn zu stimmen. –
Wie? sollte wirklich wohl in mir der Christ
Noch tiefer nisten, als in ihm der Jude? –
Wer kennt sich recht? Wie könnt ich ihm denn sonst
Den kleinen Raub nicht gönnen wollen, den   3240
Er sich's zu solcher Angelegenheit
Gemacht, den Christen abzujagen? – Freilich;
Kein kleiner Raub, ein solch Geschöpf! – Geschöpf?
Und wessen? – Doch des Sklaven nicht, der auf
Des Lebens öden Strand den Block geflößt,

Und sich davongemacht? Des Künstlers doch
Wohl mehr, der in dem hingeworfnen Blocke
Die göttliche Gestalt sich dachte, die
Er dargestellt? – Ach! Rechas wahrer Vater
Bleibt, trotz dem Christen, der sie zeugte – bleibt   3250
In Ewigkeit der Jude. – Wenn ich mir
Sie lediglich als Christendirne denke,
Sie sonder alles das mir denke, was
Allein ihr so ein Jude geben konnte: –
Sprich, Herz, – was wär an ihr, das dir gefiel?
Nichts! Wenig! Selbst ihr Lächeln, wär es nichts
Als sanfte schöne Zuckung ihrer Muskeln;
Wär, was sie lächeln macht, des Reizes unwert,
In den es sich auf ihrem Munde kleidet: –
Nein; selbst ihr Lächeln nicht! Ich hab es ja   3260
Wohl schöner noch an Aberwitz, an Tand,
An Höhnerei, an Schmeichler und an Buhler,
Verschwenden sehn! – Hat's da mich auch bezaubert?
Hat's da mir auch den Wunsch entlockt, mein Leben
In seinem Sonnenscheine zu verflattern? –
Ich wüsste nicht. Und bin auf den doch launisch,
Der diesen höhern Wert allein ihr gab?
Wie das? warum? – Wenn ich den Spott verdiente,
Mit dem mich Saladin entließ! Schon schlimm
Genug, dass Saladin es glauben konnte!   3270
Wie klein ich ihm da scheinen musste! wie
Verächtlich! – Und das alles um ein Mädchen? –
Curd! Curd! das geht so nicht. Lenk ein! Wenn vollends
Mir Daja nur was vorgeplaudert hätte,
Was schwerlich zu erweisen stünde? – Sieh,
Da tritt er endlich, in Gespräch vertieft,
Aus seinem Hause! – Ha! mit wem! – Mit ihm?
Mit meinem Klosterbruder? – Ha! so weiß
Er sicherlich schon alles! ist wohl gar
Dem Patriarchen schon verraten! – Ha!   3280
Was hab ich Querkopf nun gestiftet! – Dass

Ein einz'ger Funken dieser Leidenschaft
Doch unsers Hirns so viel verbrennen kann! –
Geschwind entschließ dich, was nunmehr zu tun!
Ich will hier seitwärts ihrer warten; – ob
Vielleicht der Klosterbruder ihn verlässt.

Vierter Auftritt

NATHAN *und der* KLOSTERBRUDER.

NATHAN *(im Näherkommen).*
  Habt nochmals, guter Bruder, vielen Dank!
KLOSTERBRUDER. Und Ihr desgleichen!
NATHAN.   Ich? von Euch? wofür?
  Für meinen Eigensinn, Euch aufzudringen,
  Was Ihr nicht braucht? – Ja, wenn ihm Eurer nur   3290
  Auch nachgegeben hätt; Ihr mit Gewalt
  Nicht wolltet reicher sein, als ich.
KLOSTERBRUDER.   Das Buch
  Gehört ja ohnedem nicht mir; gehört
  Ja ohnedem der Tochter; ist ja so
  Der Tochter ganzes väterliches Erbe. –
  Je nu, sie hat ja Euch. – Gott gebe nur,
  Dass Ihr es nie bereuen dürft, so viel
  Für sie getan zu haben!
NATHAN.   Kann ich das?
  Das kann ich nie. Seid unbesorgt!
KLOSTERBRUDER.   Nu, nu!
  Die Patriarchen und die Tempelherren ...   3300
NATHAN. Vermögen mir des Bösen nie so viel
  Zu tun, dass irgendwas mich reuen könnte:
  Geschweige, das! – Und seid Ihr denn so ganz
  Versichert, dass ein Tempelherr es ist,
  Der Euern Patriarchen hetzt?
KLOSTERBRUDER.   Es kann
  Beinah kein andrer sein. Ein Tempelherr

Sprach kurz vorher mit ihm; und was ich hörte,
Das klang darnach.

NATHAN.   Es ist doch aber nur
Ein einziger itzt in Jerusalem.
Und diesen kenn ich. Dieser ist mein Freund.   3310
Ein junger, edler, offner Mann!

KLOSTERBRUDER.   Ganz recht;
Der Nämliche! – Doch was man ist, und was
Man sein muss in der Welt, das passt ja wohl
Nicht immer.

NATHAN.   Leider nicht. – So tue, wer's
Auch immer ist, sein Schlimmstes oder Bestes!
Mit Euerm Buche, Bruder, trotz ich allen;
Und gehe graden Wegs damit zum Sultan.

KLOSTERBRUDER.
Viel Glücks! Ich will Euch denn nur hier verlassen.

NATHAN. Und habt sie nicht einmal gesehn? – Kommt ja
Doch bald, doch fleißig wieder. – Wenn nur heut   3320
Der Patriarch noch nichts erfährt! – Doch was?
Sagt ihm auch heute, was Ihr wollt.

KLOSTERBRUDER.   Ich nicht.
Lebt wohl! *(Geht ab.)*

NATHAN.   Vergesst uns ja nicht, Bruder! – Gott!
Dass ich nicht gleich hier unter freiem Himmel
Auf meine Kniee sinken kann! Wie sich
Der Knoten, der so oft mir bange machte,
Nun von sich selber löset! – Gott! wie leicht
Mir wird, dass ich nun weiter auf der Welt
Nichts zu verbergen habe! dass ich vor
Den Menschen nun so frei kann wandeln, als   3330
Vor dir, der du allein den Menschen nicht
Nach seinen Taten brauchst zu richten, die
So selten seine Taten sind, o Gott! –

Fünfter Auftritt

NATHAN *und der* TEMPELHERR, *der von der Seite auf ihn
zukömmt.*

TEMPELHERR. He! wartet, Nathan; nehmt mich mit!
NATHAN.   Wer ruft? –
  Seid Ihr es, Ritter? Wo gewesen, dass
  Ihr bei dem Sultan Euch nicht treffen lassen?
TEMPELHERR. Wir sind einander fehlgegangen. Nehmt's
  Nicht übel.
NATHAN.   Ich nicht; aber Saladin …
TEMPELHERR. Ihr wart nur eben fort …
NATHAN.   Und spracht ihn doch?
  Nun, so ist's gut.
TEMPELHERR.   Er will uns aber beide   3340
  Zusammen sprechen.
NATHAN.   Desto besser. Kommt
  Nur mit. Mein Gang stand ohnehin zu ihm. –
TEMPELHERR. Ich darf ja doch wohl fragen, Nathan, wer
  Euch da verließ?
NATHAN.   Ihr kennt ihn doch wohl nicht?
TEMPELHERR. War's nicht die gute Haut, der Laienbruder,
  Des sich der Patriarch so gern zum Stöber
  Bedient?
NATHAN.   Kann sein! Beim Partriarchen ist
  Er allerdings.
TEMPELHERR.   Der Pfiff ist gar nicht übel:
  Die Einfalt vor der Schurkerei voraus-
  Zuschicken.
NATHAN.   Ja, die dumme; – nicht die fromme.   3350
TEMPELHERR. An fromme glaubt kein Patriarch.
NATHAN.   Für den
  Nun steh ich. Der wird seinem Patriarchen
  Nichts Ungebührliches vollziehen helfen.
TEMPELHERR. So stellt er wenigstens sich an. – Doch hat
  Er Euch von mir denn nichts gesagt?

NATHAN.   Von Euch?
  Von Euch nun namentlich wohl nichts. – Er weiß
  Ja wohl auch schwerlich Euern Namen?
TEMPELHERR.   Schwerlich.
NATHAN. Von einem Tempelherren freilich hat
  Er mir gesagt ...
TEMPELHERR.   Und was?
NATHAN.   Womit er Euch
  Doch ein für allemal nicht meinen kann!   3360
TEMPELHERR. Wer weiß? Lasst doch nur hören.
NATHAN.   Dass mich einer
  Bei seinem Patriarchen angeklagt ...
TEMPELHERR.
  Euch angeklagt? – Das ist, mit seiner Gunst –
  Erlogen. – Hört mich, Nathan! – Ich bin nicht
  Der Mensch, der irgendetwas abzuleugnen
  Imstande wäre. Was ich tat, das tat ich!
  Doch bin ich auch nicht der, der alles, was
  Er tat, als wohlgetan verteid'gen möchte.
  Was sollt ich eines Fehls mich schamen? Hab
  Ich nicht den festen Vorsatz ihn zu bessern?   3370
  Und weiß ich etwa nicht, wie weit mit dem
  Es Menschen bringen können? – Hört mich, Nathan! –
  Ich bin des Laienbruders Tempelherr,
  Der Euch verklagt soll haben, allerdings. –
  Ihr wisst ja, was mich wurmisch machte! was
  Mein Blut in allen Adern sieden machte!
  Ich Gauch! – ich kam, so ganz mit Leib und Seel'
  Euch in die Arme mich zu werfen. Wie
  Ihr mich empfingt – wie kalt – wie lau – denn lau
  Ist schlimmer noch als kalt; wie abgemessen   3380
  Mir auszubeugen Ihr beflissen wart;
  Mit welchen aus der Luft gegriffnen Fragen
  Ihr Antwort mir zu geben scheinen wolltet:
  Das darf ich kaum mir itzt noch denken, wenn
  Ich soll gelassen bleiben. – Hört mich, Nathan! –

In dieser Gärung schlich mir Daja nach,
Und warf mir ihr Geheimnis an den Kopf,
Das mir den Aufschluss Euers rätselhaften
Betragens zu enthalten schien.

NATHAN.   Wie das?

TEMPELHERR.
Hört mich nur aus! – Ich bildete mir ein,   3390
Ihr wolltet, was Ihr einmal nun den Christen
So abgejagt, an einen Christen wieder
Nicht gern verlieren. Und so fiel mir ein,
Euch kurz und gut das Messer an die Kehle
Zu setzen.

NATHAN.   Kurz und gut? und gut? – Wo steckt
Das Gute?

TEMPELHERR.   Hört mich, Nathan! – Allerdings:
Ich tat nicht recht! – Ihr seid wohl gar nicht schuldig. –
Die Närrin Daja weiß nicht was sie spricht –
Ist Euch gehässig – Sucht Euch nur damit
In einen bösen Handel zu verwickeln –   3400
Kann sein! kann sein! – Ich bin ein junger Laffe,
Der immer nur an beiden Enden schwärmt;
Bald viel zu viel, bald viel zu wenig tut –
Auch das kann sein! Verzeiht mir, Nathan.

NATHAN.   Wenn
Ihr so mich freilich fasset –

TEMPELHERR.   Kurz, ich ging
Zum Patriarchen! – hab Euch aber nicht
Genannt. Das ist erlogen, wie gesagt!
Ich hab ihm bloß den Fall ganz allgemein
Erzählt, um seine Meinung zu vernehmen. –
Auch das hätt unterbleiben können: ja doch! –   3410
Denn kannt ich nicht den Patriarchen schon
Als einen Schurken? Konnt ich Euch nicht selber
Nur gleich zur Rede stellen? – Musst ich der
Gefahr, so einen Vater zu verlieren,
Das arme Mädchen opfern? – Nun, was tut's?

Die Schurkerei des Patriarchen, die
So ähnlich immer sich erhält, hat mich
Des nächsten Weges wieder zu mir selbst
Gebracht. – Denn hört mich, Nathan; hört mich aus! –
Gesetzt; er wüsst auch Euern Namen: was   3420
Nun mehr, was mehr? – Er kann Euch ja das Mädchen
Nur nehmen, wenn sie niemands ist, als Euer.
Er kann sie doch aus Euerm Hause nur
Ins Kloster schleppen. – Also – gebt sie mir!
Gebt sie nur mir; und lasst ihn kommen. Ha!
Er soll's wohl bleiben lassen, mir mein Weib
Zu nehmen. – Gebt sie mir, geschwind! – Sie sei
Nun Eure Tochter, oder sei es nicht!
Sei Christin, oder Jüdin, oder keines!
Gleichviel! gleichviel! Ich werd Euch weder itzt   3430
Noch jemals sonst in meinem ganzen Leben
Darum befragen. Sei, wie's sei!

NATHAN.   Ihr wähnt
Wohl gar, dass mir die Wahrheit zu verbergen
Sehr nötig?

TEMPELHERR.   Sei, wie's sei!

NATHAN.   Ich hab es ja
Euch – oder wem es sonst zu wissen ziemt –
Noch nicht geleugnet, dass sie eine Christin,
Und nichts als meine Pflegetochter ist. –
Warum ich's aber ihr noch nicht entdeckt? –
Darüber brauch ich nur bei ihr mich zu
Entschuldigen.

TEMPELHERR.   Das sollt Ihr auch bei ihr   3440
Nicht brauchen. – Gönnt's ihr doch, dass sie Euch nie
Mit andern Augen darf betrachten! Spart
Ihr die Entdeckung doch! – Noch habt Ihr ja,
Ihr ganz allein, mit ihr zu schalten. Gebt
Sie mir! Ich bitt Euch, Nathan; gebt sie mir!
Ich bin's allein, der sie zum zweiten Male
Euch retten kann – und will.

NATHAN.   Ja – konnte! konnte!
  Nun auch nicht mehr. Es ist damit zu spät.
TEMPELHERR. Wieso? zu spät?
NATHAN.   Dank sei dem Patriarchen ...
TEMPELHERR.
  Dem Patriarchen? Dank? ihm Dank? wofür?   3450
  Dank hätte d e r bei uns verdienen wollen?
  Wofür? wofür?
NATHAN.   Dass wir nun wissen, wem
  Sie anverwandt; nun wissen, wessen Händen
  Sie sicher ausgeliefert werden kann.
TEMPELHERR.
  Das dank' ihm – wer für mehr ihm danken wird!
NATHAN. Aus diesen müsst Ihr sie nun auch erhalten;
  Und nicht aus meinen.
TEMPELHERR.   Arme Recha! Was
  Dir alles zustößt, arme Recha! Was
  Ein Glück für andre Waisen wäre, wird
  Dein Unglück! – Nathan! – Und wo sind sie, diese   3460
  Verwandte?
NATHAN.   Wo sie sind?
TEMPELHERR.   Und wer sie sind?
NATHAN. Besonders hat ein Bruder sich gefunden,
  Bei dem Ihr um sie werben müsst.
TEMPELHERR.   Ein Bruder?
  Was ist er, dieser Bruder? Ein Soldat?
  Ein Geistlicher? – Lasst hören, was ich mir
  Versprechen darf.
NATHAN.   Ich glaube, dass er keines
  Von beiden – oder beides ist. Ich kenn
  Ihn noch nicht recht.
TEMPELHERR.   Und sonst?
NATHAN.   Ein braver Mann!
  Bei dem sich Recha gar nicht übel wird
  Befinden.
TEMPELHERR. Doch ein Christ! – Ich weiß zuzeiten   3470

Auch gar nicht, was ich von Euch denken soll: –
Nehmt mir's nicht ungut, Nathan. – Wird sie nicht
Die Christin spielen müssen, unter Christen?
Und wird sie, was sie lange g'nug gespielt,
Nicht endlich werden? Wird den lautern Weizen,
Den Ihr gesät, das Unkraut endlich nicht
Ersticken? – Und das kümmert Euch so wenig?
Dem ungeachtet könnt Ihr sagen – Ihr? –
Dass sie bei ihrem Bruder sich nicht übel
Befinden werde?

NATHAN. Denk ich! hoff ich! – Wenn   3480
Ihr ja bei ihm was mangeln sollte, hat
Sie Euch und mich denn nicht noch immer?

TEMPELHERR. Oh!
Was wird bei ihm ihr mangeln können! Wird
Das Brüderchen mit Essen und mit Kleidung,
Mit Naschwerk und mit Putz, das Schwesterchen
Nicht reichlich g'nug versorgen? Und was braucht
Ein Schwesterchen denn mehr? – Ei freilich: auch
Noch einen Mann! – Nun, nun; auch den, auch den
Wird ihr das Brüderchen zu seiner Zeit
Schon schaffen; wie er immer nur zu finden!   3490
Der Christlichste der Beste! – Nathan, Nathan!
Welch einen Engel hattet Ihr gebildet,
Den Euch nun andre so verhunzen werden!

NATHAN. Hat keine Not! Er wird sich unsrer Liebe
Noch immer wert genug behaupten.

TEMPELHERR. Sagt
Das nicht! Von meiner Liebe sagt das nicht!
Denn die lässt nichts sich unterschlagen; nichts.
Es sei auch noch so klein! Auch keinen Namen! –
Doch halt! – Argwohnt sie wohl bereits, was mit
Ihr vorgeht?

NATHAN. Möglich; ob ich schon nicht wüsste,   3500
Woher?

TEMPELHERR. Auch eben viel; sie soll – sie muss

In beiden Fällen, was ihr Schicksal droht,
Von mir zuerst erfahren. Mein Gedanke,
Sie eher wieder nicht zu sehn, zu sprechen,
Als bis ich sie die Meine nennen dürfe,
Fällt weg. Ich eile ...

NATHAN.   Bleibt! wohin?

TEMPELHERR.   Zu Ihr!
Zu sehn, ob diese Mädchenseele Manns genug
Wohl ist, den einzigen Entschluss zu fassen
Der ihrer würdig wäre!

NATHAN.   Welchen?

TEMPELHERR.   Den:
Nach Euch und ihrem Bruder weiter nicht   3510
Zu fragen –

NATHAN.   Und?

TEMPELHERR.   Und mir zu folgen; – wenn
Sie drüber eines Muselmannes Frau
Auch werden müsste.

NATHAN.   Bleibt! Ihr trefft sie nicht.
Sie ist bei Sittah, bei des Sultans Schwester.

TEMPELHERR. Seit wenn? warum?

NATHAN.   Und wollt Ihr da bei ihnen
Zugleich den Bruder finden: kommt nur mit.

TEMPELHERR. Den Bruder? welchen? Sittahs oder Rechas?

NATHAN.
Leicht beide. Kommt nur mit! Ich bitt Euch, kommt!
(*Er führt ihn fort.*)

Sechster Auftritt

Szene: in Sittahs Harem.

SITTAH *und* RECHA *in Unterhaltung begriffen.*

SITTAH. Was freu ich mich nicht deiner, süßes Mädchen! –
Sei so beklemmt nur nicht! so angst! so schüchtern! –   3520
Sei munter! sei gesprächiger! vertrauter!

RECHA. Prinzessin ...

SITTAH. Nicht doch! Prinzessin! Nenn
Mich Sittah, – deine Freundin, – deine Schwester.
Nenn mich dein Mütterchen! – Ich könnte das
Ja schier auch sein. – So jung! so klug! so fromm!
Was du nicht alles weißt! nicht alles musst
Gelesen haben!

RECHA. Ich gelesen? – Sittah,
Du spottest deiner kleinen albern Schwester.
Ich kann kaum lesen.

SITTAH. Kannst kaum, Lügnerin!

RECHA. Ein wenig meines Vaters Hand! – Ich meinte, 3530
Du sprächst von Büchern.

SITTAH. Allerdings! von Büchern.

RECHA. Nun, Bücher wird mir wahrlich schwer zu lesen! –

SITTAH. Im Ernst?

RECHA. In ganzem Ernst. Mein Vater liebt
Die kalte Buchgelehrsamkeit, die sich
Mit toten Zeichen ins Gehirn nur drückt,
Zu wenig.

SITTAH. Ei, was sagst du! – Hat indes
Wohl nicht sehr Unrecht! – Und so manches, was
Du weißt ...?

RECHA. Weiß ich allein aus seinem Munde.
Und könnte bei dem meisten dir noch sagen,
Wie? wo? warum? er mich's gelehrt.

SITTAH. So hängt 3540
Sich freilich alles besser an. So lernt
Mit eins die ganze Seele.

RECHA. Sicher hat
Auch Sittah wenig oder nichts gelesen!

SITTAH. Wieso? – Ich bin nicht stolz aufs Gegenteil. –
Allein wieso? Dein Grund! Sprich dreist. Dein Grund?

RECHA. Sie ist so schlecht und recht; so unverkünstelt;
So ganz sich selbst nur ähnlich ...

SITTAH. Nun?

RECHA.   Das sollen
  Die Bücher uns nur selten lassen: sagt
  Mein Vater.
SITTAH.   O was ist dein Vater für
  Ein Mann!
RECHA.   Nicht wahr?
SITTAH.   Wie nah er immer doch   3550
  Zum Ziele trifft!
RECHA.   Nicht wahr? – Und diesen Vater –
SITTAH. Was ist dir, Liebe?
RECHA.   Diesen Vater –
SITTAH.   Gott!
  Du weinst?
RECHA.   Und diesen Vater – Ah! es muss
  Heraus! Mein Herz will Luft, will Luft ...
  (Wirft sich, von Tränen überwältiget, zu ihren Füßen.)
SITTAH.   Kind, was
  Geschieht dir? Recha?
RECHA.   Diesen Vater soll –
  Soll ich verlieren!
SITTAH.   Du? verlieren? ihn?
  Wie das? – Sei ruhig! – Nimmermehr! – Steh auf!
RECHA. Du sollst vergebens dich zu meiner Freundin,
  Zu meiner Schwester nicht erboten haben!
SITTAH.
  Ich bin's ja! bin's! – Steh doch nur auf! Ich muss   3560
  Sonst Hülfe rufen.
RECHA *(die sich ermannt und aufsteht)*.
                      Ah! verzeih! vergib! –
  Mein Schmerz hat mich vergessen machen, wer
  Du bist. Vor Sittah gilt kein Winseln, kein
  Verzweifeln. Kalte, ruhige Vernunft
  Will alles über sie allein vermögen.
  Wes Sache diese bei ihr führt, der siegt!
SITTAH. Nun dann?
RECHA.   Nein; meine Freundin, meine Schwester

Gibt das nicht zu! Gibt nimmer zu, dass mir
Ein andrer Vater aufgedrungen werde!
SITTAH. Ein andrer Vater? aufgedrungen? dir?   3570
  Wer kann das? kann das auch nur wollen, Liebe?
RECHA. Wer? Meine gute böse Daja kann
  Das wollen, – will das können. – Ja; du kennst
  Wohl diese gute böse Daja nicht?
  Nun, Gott vergeb' es ihr! – belohn' es ihr!
  Sie hat mir so viel Gutes, – so viel Böses
  Erwiesen!
SITTAH.   Böses dir? – So muss sie Gutes
  Doch wahrlich wenig haben.
RECHA.   Doch! recht viel,
  Recht viel!
SITTAH.   Wer ist sie?
RECHA.   Eine Christin, die
  In meiner Kindheit mich gepflegt; mich so   3580
  Gepflegt! – Du glaubst nicht! – Die mir eine Mutter
  So wenig missen lassen!   Gott vergelt'
  Es ihr! – Die aber mich auch so geängstet!
  Mich so gequält!
SITTAH.   Und über was? warum?
  Wie?
RECHA.   Ach! die arme Frau, – ich sag dir's ja –
  Ist eine Christin; – muss aus Liebe quälen; –
  Ist eine von den Schwärmerinnen, die
  Den allgemeinen, einzig wahren Weg
  Nach Gott, zu wissen wähnen!
SITTAH.   Nun versteh ich!
RECHA. Und sich gedrungen fühlen, einen jeden,   3590
  Der dieses Wegs verfehlt, darauf zu lenken. –
  Kaum können sie auch anders. Denn ist's wahr,
  Dass dieser Weg allein nur richtig führt:
  Wie sollen sie gelassen ihre Freunde
  Auf einem andern wandeln sehn, – der ins
  Verderben stürzt, ins ewige Verderben?

Es müsste möglich sein, denselben Menschen
Zur selben Zeit zu lieben und zu hassen. –
Auch ist's das nicht, was endlich laute Klagen
Mich über sie zu führen zwingt. Ihr Seufzen,   3600
Ihr Warnen, ihr Gebet, ihr Drohen hätt
Ich gern noch länger ausgehalten; gern!
Es brachte mich doch immer auf Gedanken,
Die gut und nützlich. Und wem schmeichelt's doch
Im Grunde nicht, sich gar so wert und teuer,
Von wem's auch sei, gehalten fühlen, dass
Er den Gedanken nicht ertragen kann,
Er müss' einmal auf ewig uns entbehren!
SITTAH. Sehr wahr!
RECHA.   Allein – allein – das geht zu weit!
Dem kann ich nichts entgegensetzen; nicht   3610
Geduld, nicht Überlegung; nichts!
SITTAH.   Was? wem?
RECHA. Was sie mir eben itzt entdeckt will haben.
SITTAH. Entdeckt? und eben itzt?
RECHA.   Nur eben itzt!
Wir nahten, auf dem Weg' hierher, uns einem
Verfallnen Christentempel. Plötzlich stand
Sie still; schien mit sich selbst zu kämpfen; blickte
Mit nassen Augen bald gen Himmel, bald
Auf mich. Komm, sprach sie endlich, lass uns hier
Durch diesen Tempel in die Richte gehn!
Sie geht; ich folg ihr, und mein Auge schweift   3620
Mit Graus die wankenden Ruinen durch.
Nun steht sie wieder; und ich sehe mich
An den versunknen Stufen eines morschen
Altars mit ihr. Wie ward mir? als sie da
Mit heißen Tränen, mit gerungnen Händen,
Zu meinen Füßen stürzte ...
SITTAH.   Gutes Kind!
RECHA. Und bei der Göttlichen, die da wohl sonst
So manch Gebet erhört, so manches Wunder

Verrichtet habe, mich beschwor; – mit Blicken
Des wahren Mitleids mich beschwor, mich meiner 3630
Doch zu erbarmen! – Wenigstens, ihr zu
Vergeben, wenn sie mir entdecken müsse,
Was ihre Kirch' auf mich für Anspruch habe.
SITTAH. (Unglückliche! – Es ahnte mir!)
RECHA.   Ich sei
Aus christlichem Geblüte; sei getauft;
Sei Nathans Tochter nicht; er nicht mein Vater! –
Gott! Gott! Er nicht mein Vater! – Sittah! Sittah!
Sieh mich aufs Neu' zu deinen Füßen ...
SITTAH.   Recha!
Nicht doch! steh auf! – Mein Bruder kömmt! steh auf!

Siebenter Auftritt

SALADIN *und die* VORIGEN.

SALADIN. Was gibt's hier, Sittah?
SITTAH.   Sie ist von sich! Gott! 3640
SALADIN. Wer ist's?
SITTAH.   Du weißt ja ...
SALADIN.   Unsers Nathans Tochter?
Was fehlt ihr?
SITTAH.   Komm doch zu dir, Kind! – Der Sultan ...
RECHA *(die sich auf den Knieen zu Saladins Füßen schleppt,*
den Kopf zur Erde gesenkt).
Ich steh nicht auf! nicht eher auf! – mag eher
Des Sultans Antlitz nicht erblicken! – eher
Den Abglanz ewiger Gerechtigkeit
Und Güte nicht in seinen Augen, nicht
Auf seiner Stirn bewundern ...
SALADIN.   Steh ... steh auf!
RECHA. Eh er mir nicht verspricht ...
SALADIN.   Komm! ich verspreche ...
Sei was es will!

RECHA.   Nicht mehr, nicht weniger,
Als meinen Vater mir zu lassen; und   3650
Mich ihm! – Noch weiß ich nicht, wer sonst mein Vater
Zu sein verlangt; – verlangen kann. Will's auch
Nicht wissen. Aber macht denn nur das Blut
Den Vater? nur das Blut?
SALADIN *(der sie aufhebt).*   Ich merke wohl! –
Wer war so grausam denn, dir selbst – dir selbst
Dergleichen in den Kopf zu setzen? Ist
Es denn schon völlig ausgemacht? erwiesen?
RECHA. Muss wohl! Denn Daja will von meiner Amm'
Es haben.
SALADIN.   Deiner Amme!
RECHA.   Die es sterbend
Ihr zu vertrauen sich verbunden fühlte.   3660
SALADIN.
Gar sterbend! – Nicht auch faselnd schon? – Und wär's
Auch wahr! – Jawohl: das Blut, das Blut allein
Macht lange noch den Vater nicht! macht kaum
Den Vater eines Tieres! gibt zum höchsten
Das erste Recht, sich diesen Namen zu
Erwerben! – Lass dir doch nicht bange sein! –
Und weißt du was? Sobald der Väter zwei
Sich um dich streiten: – lass sie beide; nimm
Den dritten! – Nimm dann mich zu deinem Vater!
SITTAH. O tu's! o tu's!
SALADIN.   Ich will ein guter Vater,   3670
Recht guter Vater sein! – Doch halt! mir fällt
Noch viel was Bessers bei. – Was brauchst du denn
Der Väter überhaupt? Wenn sie nun sterben?
Beizeiten sich nach einem umgesehn,
Der mit uns um die Wette leben will!
Kennst du noch keinen? ...
SITTAH.   Mach sie nicht erröten!
SALADIN. Das hab ich allerdings mir vorgesetzt.
Erröten macht die Hässlichen so schön:

Und sollte Schöne nicht noch schöner machen? –
Ich habe deinen Vater Nathan; und   3680
Noch einen – einen noch hierher bestellt.
Errätst du ihn? – Hierher! Du wirst mir doch
Erlauben, Sittah?

SITTAH.   Bruder!

SALADIN.   Dass du ja
Vor ihm recht sehr errötest, liebes Mädchen!

RECHA. Vor wem? erröten? ...

SALADIN.   Kleine Heuchlerin!
Nun so erblasse lieber! – Wie du willst
Und kannst! –
(Eine Sklavin tritt herein, und nahet sich Sittah.)
                    Sie sind doch etwa nicht schon da?

SITTAH *(zur Sklavin).*
Gut! lass sie nur herein. – Sie sind es, Bruder!

Letzter Auftritt

NATHAN *und der* TEMPELHERR *zu den* VORIGEN.

SALADIN. Ah, meine guten lieben Freunde! – Dich,
Dich, Nathan, muss ich nur vor allen Dingen   3690
Bedeuten, dass du nun, sobald du willst,
Dein Geld kannst wieder holen lassen! ...

NATHAN.   Sultan! ...

SALADIN. Nun steh ich auch zu deinen Diensten ...

NATHAN.   Sultan! ...

SALADIN. Die Karawan' ist da. Ich bin so reich
Nun wieder, als ich lange nicht gewesen. –
Komm, sag mir, was du brauchst, so recht was Großes
Zu unternehmen! Denn auch ihr, auch ihr,
Ihr Handelsleute, könnt des baren Geldes
Zu viel nie haben!

NATHAN.   Und warum zuerst
Von dieser Kleinigkeit? – Ich sehe dort   3700

Ein Aug' in Tränen, das zu trocknen, mir
Weit angelegner ist. *(Geht auf Recha zu.)* Du hast
                                        geweint?
Was fehlt dir? – bist doch meine Tochter noch?
RECHA. Mein Vater! ...
NATHAN.   Wir verstehen uns. Genug! –
Sei heiter! Sei gefasst! Wenn sonst dein Herz
Nur dein noch ist! Wenn deinem Herzen sonst
Nur kein Verlust nicht droht! – Dein Vater ist
Dir unverloren!
RECHA.   Keiner, keiner sonst!
TEMPELHERR.
Sonst keiner? – Nun! so hab ich mich betrogen.
Was man nicht zu verlieren fürchtet, hat   3710
Man zu besitzen nie geglaubt, und nie
Gewünscht. – Recht wohl! recht wohl! – Das ändert,
                                        Nathan,
Das ändert alles! – Saladin, wir kamen
Auf dein Geheiß. Allein, ich hatte dich
Verleitet: itzt bemüh dich nur nicht weiter!
SALADIN. Wie gach nun wieder, junger Mann! – Soll alles
Dir denn entgegen kommen? alles dich
Erraten?
TEMPELHERR.   Nun du hörst ja! siehst ja, Sultan!
SALADIN. Ei wahrlich! – Schlimm genug, dass deiner Sache
Du nicht gewisser warst!
TEMPELHERR.   So bin ich's nun.   3720
SALADIN. Wer so auf irgendeine Wohltat trotzt,
Nimmt sie zurück. Was du gerettet, ist
Deswegen nicht dein Eigentum. Sonst wär
Der Räuber, den sein Geiz ins Feuer jagt,
So gut ein Held, wie du!
(Auf Recha zugehend, um sie dem Tempelherrn zuzuführen.)
                        Komm, liebes Mädchen,
Komm! Nimm's mit ihm nicht so genau. Denn wär
Er anders; wär er minder warm und stolz:

Er hätt es bleiben lassen, dich zu retten.
Du musst ihm eins fürs andre rechnen. – Komm!
Beschäm ihn! tu, was ihm zu tun geziemte!   3730
Bekenn ihm deine Liebe! trage dich ihm an!
Und wenn er dich verschmäht; dir's je vergisst,
Wie ungleich mehr in diesem Schritte du
Für ihn getan, als er für dich ... Was hat
Er denn für dich getan? Ein wenig sich
Beräuchern lassen! ist was Rechts! – so hat
Er meines Bruders, meines Assad, nichts!
So trägt er seine Larve, nicht sein Herz.
Komm, Liebe ...

SITTAH.   Geh! geh, Liebe, geh! Es ist
Für deine Dankbarkeit noch immer wenig;   3740
Noch immer nichts.

NATHAN.   Halt Saladin! halt Sittah!

SALADIN. Auch du?

NATHAN.   Hier hat noch einer mitzusprechen ...

SALADIN. Wer leugnet das? – Unstreitig, Nathan, kömmt
So einem Pflegevater eine Stimme
Mit zu! Die erste, wenn du willst. Du hörst,
Ich weiß der Sache ganze Lage.

NATHAN.   Nicht so ganz! –
Ich rede nicht von mir. Es ist ein andrer;
Weit, weit ein andrer, den ich, Saladin,
Doch auch vorher zu hören bitte.

SALADIN.   Wer?

NATHAN. Ihr Bruder!

SALADIN.   Rechas Bruder?

NATHAN.   Ja!

RECHA.   Mein Bruder?   3750
So hab ich einen Bruder?

TEMPELHERR *(aus seiner wilden, stummen Zerstreuung auf-*
fahrend).   Wo? wo ist
Er, dieser Bruder? Noch nicht hier? Ich sollt
Ihn hier ja treffen.

NATHAN.   Nur Geduld!

TEMPELHERR (*äußerst bitter*).   Er hat
Ihr einen Vater aufgebunden: – wird
Er keinen Bruder für sie finden?

SALADIN.   Das
Hat noch gefehlt! Christ! ein so niedriger
Verdacht wär über Assads Lippen nicht
Gekommen. – Gut! fahr nur so fort!

NATHAN.   Verzeih
Ihm! – Ich verzeih ihm gern. – Wer weiß, was wir
An seiner Stell', in seinem Alter dächten!   3760
(Freundschaftlich auf ihn zugehend.)
Natürlich, Ritter! – Argwohn folgt auf Misstraun! –
Wenn Ihr mich Euers w a h r e n Namens gleich
Gewürdigt hättet ...

TEMPELHERR.   Wie?

NATHAN.   Ihr seid kein Stauffen!

TEMPELHERR. Wer bin ich denn?

NATHAN.   Heißt Curd von Stauffen nicht!

TEMPELHERR. Wie heiß ich denn?

NATHAN.   Heißt Leu von Filnek.

TEMPELHERR.   Wie?

NATHAN. Ihr stutzt?

TEMPELHERR.   Mit Recht! Wer sagt das?

NATHAN.   Ich; der mehr,
Noch mehr Euch sagen kann. Ich straf indes
Euch keiner Lüge.

TEMPELHERR.   Nicht?

NATHAN.   Kann doch wohl sein,
Dass jener Nam' Euch ebenfalls gebührt.

TEMPELHERR. Das sollt ich meinen! – (Das hieß Gott ihn
                              sprechen!)   3770

NATHAN. Denn Eure Mutter – die war eine Stauffin.
Ihr Bruder, Euer Ohm, der Euch erzogen,
Dem Eure Eltern Euch in Deutschland ließen,
Als, von dem rauen Himmel dort vertrieben,

Sie wieder hierzulande kamen: – Der
Hieß Curd von Stauffen; mag an Kindes statt
Vielleicht Euch angenommen haben! – Seid
Ihr lange schon mit ihm nun auch herüber
Gekommen? Und er lebt doch noch?

TEMPELHERR.   Was soll
Ich sagen? – Nathan! – Allerdings! So ist's!   3780
Er selbst ist tot. Ich kam erst mit der letzten
Verstärkung unsers Ordens. – Aber, aber –
Was hat mit diesem allen Rechas Bruder
Zu schaffen?

NATHAN.   Euer Vater ...

TEMPELHERR.   Wie? auch den
Habt Ihr gekannt? Auch den?

NATHAN.   Er war mein Freund.

TEMPELHERR.
War Euer Freund? Ist's möglich, Nathan! ...

NATHAN.   Nannte
Sich Wolf von Filnek; aber war kein Deutscher ...

TEMPELHERR. Ihr wisst auch das?

NATHAN.   War einer Deutschen nur
Vermählt; war Eurer Mutter nur nach Deutschland
Auf kurze Zeit gefolgt ...

TEMPELHERR.   Nicht mehr! Ich bitt   3790
Euch! – Aber Rechas Bruder? Rechas Bruder ...

NATHAN. Seid Ihr!

TEMPELHERR.   Ich? ich ihr Bruder?

RECHA.   Er mein Bruder?

SITTAH. Geschwister!

SALADIN.   Sie Geschwister!

RECHA *(will auf ihn zu).*   Ah! mein Bruder!

TEMPELHERR *(tritt zurück).*
Ihr Bruder!

RECHA *(hält an, und wendet sich zu Nathan).*
            Kann nicht sein! nicht sein! – Sein Herz
Weiß nichts davon! – Wir sind Betrieger! Gott!

SALADIN *(zum Tempelherrn).*
　Betrieger? wie? Das denkst du? kannst du denken?
　Betrieger selbst! Denn alles ist erlogen
　An dir: Gesicht und Stimm' und Gang! Nichts dein!
　So eine Schwester nicht erkennen wollen! Geh!
TEMPELHERR *(sich demütig ihm nahend).*
　Missdeut auch du nicht mein Erstaunen, Sultan!   3800
　Verkenn in einem Augenblick', in dem
　Du schwerlich deinen Assad je gesehen,
　Nicht ihn und mich! *(Auf Nathan zueilend.)*
　　　　　　　　　Ihr nehmt und gebt mir, Nathan!
　Mit vollen Händen beides! – Nein! Ihr gebt
　Mir mehr, als Ihr mir nehmt! unendlich mehr!
　(Recha um den Hals fallend.)
　Ah meine Schwester! meine Schwester!
NATHAN.　　　　　　　　　　　　Blanda
　Von Filnek!
TEMPELHERR.　Blanda? Blanda? – Recha nicht?
　Nicht Eure Recha mehr? – Gott! Ihr verstoßt
　Sie! gebt ihr ihren Christennamen wieder!
　Verstoßt sie meinetwegen! – Nathan! Nathan!   3810
　Warum es sie entgelten lassen? sie!
NATHAN. Und was? – O meine Kinder! meine Kinder!
　Denn meiner Tochter Bruder wär mein Kind
　Nicht auch, – sobald er will?
　*(Indem er sich ihren Umarmungen überlässt, tritt Saladin
　mit unruhigem Erstaunen zu seiner Schwester.)*
SALADIN.　　　　　　　　Was sagst du, Schwester?
SITTAH. Ich bin gerührt …
SALADIN.　　　　　　　Und ich, – ich schaudere
　Vor einer größern Rührung fast zurück!
　Bereite dich nur drauf, so gut du kannst.
SITTAH. Wie?
SALADIN.　　Nathan, auf ein Wort! ein Wort! –
　*(Indem Nathan zu ihm tritt, tritt Sittah zu dem Geschwister,
　ihm ihre Teilnehmung zu bezeigen; und Nathan und Saladin
　sprechen leiser.)*

Hör! hör doch, Nathan! Sagtest du vorhin
Nicht –?

NATHAN.   Was?

SALADIN.   Aus Deutschland sei ihr Vater nicht   3820
Gewesen; ein geborner Deutscher nicht.
Was war er denn? wo war er sonst denn her?

NATHAN. Das hat er selbst mir nie vertrauen wollen.
Aus seinem Munde weiß ich nichts davon.

SALADIN.
Und war auch sonst kein Frank? kein Abendländer?

NATHAN. O! dass er der nicht sei, gestand er wohl. –
Er sprach am liebsten Persisch ...

SALADIN.   Persisch? Persisch?
Was will ich mehr? – Er ist's! Er war es!

NATHAN.   Wer?

SALADIN. Mein Bruder! ganz gewiss! Mein Assad! ganz
Gewiss!

NATHAN.   Nun, wenn du selbst darauf verfällst: –   3830
Nimm die Versichrung hier in diesem Buche!
(Ihm das Brevier überreichend.)

SALADIN *(es begierig aufschlagend).*
Ah! seine Hand! Auch die erkenn ich wieder!

NATHAN. Noch wissen sie von nichts! Noch steht's bei dir
Allein, was sie davon erfahren sollen!

SALADIN *(indes er darin geblättert).*
Ich meines Bruders Kinder nicht erkennen?
Ich meine Neffen – meine Kinder nicht?
Sie nicht erkennen? ich? Sie dir wohl lassen?
(Wieder laut.)
Sie sind's! sie sind es, Sittah, sind! Sie sind's!
Sind beide meines ... deines Bruders Kinder!
(Er rennt in ihre Umarmungen.)

SITTAH *(ihm folgend).*
Was hör ich! – Könnt's auch anders, anders sein! –   3840

SALADIN *(zum Tempelherrn).*
Nun musst du doch wohl, Trotzkopf, musst mich lieben!

(Zu Recha.)
Nun bin ich doch, wozu ich mich erbot?
Magst wollen, oder nicht!
SITTAH.   Ich auch! ich auch!
SALADIN *(zum Tempelherrn zurück).*
Mein Sohn! mein Assad! meines Assads Sohn!
TEMPELHERR. Ich deines Bluts! – So waren jene Träume,
Womit man meine Kindheit wiegte, doch –
Doch mehr als Träume! *(Ihm zu Füßen fallend.)*
SALADIN *(ihn aufhebend).*   Seht den Bösewicht!
Er wusste was davon, und konnte mich
Zu seinem Mörder machen wollen! Wart!
*(Unter stummer Wiederholung allerseitiger Umarmungen
fällt der Vorhang.)*

Anmerkungen

Der Text der vorliegenden Ausgabe folgt der Edition:

Gotthold Ephraim Lessings sämtliche Schriften. Hrsg. von Karl Lachmann. Dritte, aufs neue durchgesehene und vermehrte Auflage, besorgt durch Franz Muncker. Bd. 3. Stuttgart: G. J. Göschen'sche Verlagshandlung, 1887. [Darin: *Nathan der Weise.*]

Die Orthographie wurde auf der Grundlage der neuen amtlichen Rechtschreibregeln behutsam modernisiert; der originale Lautstand und grammatische Eigenheiten blieben gewahrt. Die Interpunktion folgt der Druckvorlage.

Die genannte Edition der Werke Lessings wird in den folgenden Anmerkungen als »L/M« zitiert. Lessings Heft mit Entwürfen und Notizen zum *Nathan* (in Bd. 22,1) wird als »Entwurfheft«, sein *Wörterbuch zu Friedrichs von Logau Sinngedichten* (in Bd. 7) als »Wörterbuch« zitiert. Auf François-Louis-Claude Marins *Geschichte Saladins Sulthans von Egypten und Syrien*, 2 Tle., übers. von Elieser Gottlieb Küster, Celle 1761, wird mit »Marin« verwiesen.

Nathan der Weise ist in Blankversen geschrieben. Dieser aus dem Englischen entlehnte Begriff (*blank* ›ungereimt‹) bezeichnet reimlose Verszeilen mit alternierendem jambischen (xx́) Metrum von zehn Silben bei männlichem (der Vers schließt mit einer Hebung) oder elf bei weiblichem (der Vers schließt mit Hebung und Senkung) Ausgang. Der von gestrengen Metrikern kaum anerkannte Vers beruht auf dem fünfhebigen Jambus, einem Versmaß, das eine europäische Erfindung des frühen Mittelalters ist. In den einzelnen Nationalliteraturen erfuhr das Versmaß unterschiedliche Ausprägungen. In Frankreich, wo es durch Zäsur (Einschnitt) nach der vierten Silbe und Endreim charakterisiert ist, nennt man es seit dem 16. Jh. *vers commun*. In Italien entwickelte es sich zu einem Elfsilber (*Endecasillabo*), mit stets weiblichem Ausgang und freier Zäsur. Erst im Elisabethanischen England erhielt es seine Ausprägung als variabler, reimloser Dramenvers, der durch keine Zäsur reglementiert ist und das Enjambement (Zeilensprung) begünstigt. Während die deutschen Poeten im 16. und vor allem im 17. Jh. den *vers commun* nachahmten, wird der Blankvers eigentlich erst im 18. Jh. adap-

tiert. Das »englische, britische oder miltonische Versmaß«, wie
Herder ihn nannte, wurde zuerst und ohne Folgen in einer Überset-
zung von Miltons *Paradise Lost* (*Das verlustigte Paradies*, 1682)
verwendet, dann aber seit Mitte des 18. Jh.s von einer Reihe von
Dramatikern ausprobiert, zuerst von Johann Elias Schlegel in dem
Komödienfragment *Die Braut in Trauer* (1749), nach einem Stück
von William Congreve. Nach metrisch unfreien Versuchen von Johann Friedrich von Cronegk und Joachim Wilhelm von Brawe
(*Brutus*, entstanden 1758) verwendet den Blankvers nach englischer
Manier Johann Heinrich Schlegel in seinen Übersetzungen von
sechs klassizistischen Trauerspielen (1758–64) von James Thomson.
Wieland (*Lady Johanna Gray*, 1758, das erste aufgeführte Blank-
versdrama) und Klopstock (*Salomo*, 1764) variieren die vorherr-
schenden fünfhebigen Verse mit sechshebigen, bei Wieland finden
sich auch vier-, drei- und zweihebige. Doch erst Lessings *Nathan
der Weise* begründet die Stellung des Blankverses im deutschen
Versdrama. Sein Vers ist charakterisiert durch häufige Enjambe-
ments und die damit verbundene auffällige Versetzung von Satz-
und Versrhythmus (vgl. z. B. V. 1349–56), durch die Verszeile fast
auflösende Perioden und die häufige Verteilung des Verses auf Re-
departien mehrerer Personen, die Unterbrechung des Verses durch
Auftritte oder Pausen (vgl. z. B. V. 789–792 und 1326).

Titel

Ein dramatisches Gedicht: Schon in seiner *Theatralischen Bibliothek*
(1. Stück, 1754) erkannte Lessing, dass die strenge Trennung von
Tragödie und Komödie weder der dramatischen Gattung wesent-
lich noch dem zeitgenössischen Theater angemessen sei. Während
er mit der *Miss Sara Sampson* (1755) die neue Gattung des bür-
gerlichen Trauerspiels ausprobierte, mit der *Minna von Barnhelm*
(1767) die Möglichkeiten des ernsten Lustspiels voll ausschöpfte
und in der *Emilia Galotti* (1772) die Tragödie dem Geschmack
und der Weltanschauung des 18. Jh.s anzupassen versuchte, trieb
er im *Nathan* (1779) die Mischung des ernsten und komischen
Dramas weiter. Das aus rührenden, ernsten und komischen Ele-
menten bestehende historische Familienstück erfüllt noch am
ehesten Lessings Bedingungen der ernsten Komödie (vgl. seine
Abhandlungen von dem weinerlichen oder rührenden Lustspiele,
1754); der didaktische Charakter des *Nathan* aber widerstrebt

auch dieser von Lessing getroffenen Gattungsbeschreibung, da es keineswegs durch Vermischung von Tugend und Laster seinem »Originale, dem menschlichen Leben, am nächsten kommen« möchte, sondern in ihm sich alles wunderbar dem lehrhaft-polemischen Ziel fügt. Sein transparenter Symbolismus rechtfertigt den Untertitel. Vor Lessing hatte schon Voltaire sein Drama *Les Guèbres ou la tolérance* (1769) als ein »poème dramatique« (Vorrede) bezeichnet, und Denis Diderot hatte seine Dramen *Le Fils naturel* (1757) und *Le Père de famille* (1758) ähnlich zwischen den Gattungen angesiedelt.

Introite... Gellium: (lat.) Tretet ein, denn auch hier sind Götter! Bei Gellius. Der Ausspruch wird Heraklit zugeschrieben. Lessing fand ihn in der Praefatio zu den *Noctes Atticae* des Gellius.

Personen

Sultan Saladin: Der historische Salah-ed-Din (1138–93) stammte aus einer kurdischen Familie, die in Syrien und Ägypten zu hohen militärischen Würden gelangt war. Nachdem er seinem Onkel als Befehlshaber der syrischen Truppen in Ägypten (1169) nachgefolgt war, gelang es ihm innerhalb kurzer Zeit, auch die politische Macht zu übernehmen. Er reorganisierte das ägyptische Reich und gründete 1171 die Dynastie der Aijubiden. Durch erfolgreiche Eroberungszüge nach Syrien und Mesopotamien vergrößerte er sein Reich so, dass es den Kreuzfahrerstaat Jerusalem einschloss. Nach einem Friedensbruch der Franken schlug er 1187 ein Kreuzfahrerheer vernichtend bei Hittin (Hattin) in Nordpalästina und eroberte anschließend den größten Teil des Königreiches. Jerusalem öffnete ihm kampflos die Tore, als er großzügige Bedingungen zusicherte. Auch der dritte Kreuzzug der europäischen Fürsten änderte trotz des Anfangserfolges der Eroberung von Acres (Ptolemais) 1191 und einiger Heldentaten des Richard Löwenherz wenig an der Lage. Der zwischen Richard und Saladin ausgehandelte Waffenstillstand von 1192 gewährte zwar christlichen Pilgern freien Zugang zu den heiligen Stätten, die vormaligen Besitzungen der Kreuzritter in Palästina blieben aber bis auf den Küstenstrich von Jaffa bis Tyrus verloren. Saladin starb schon am 4. März 1193 in Damaskus. Seine Erben konnten sein Reich nicht lange zusammenhalten.

Daja: Lessing notiert in seinem Entwurfheft: »Für *Dinah* lieber

Daja. Daja heißt, wie ich aus den Excerptis ex Abulfeda, das Leben des Saladin betreffend, beim *Schultens* S. 4 sehe, so viel als
Nutrix, und vermutlich, dass das spanische Aya davon her-
kömmt, welches Covarruvias von dem griechischen αγω, παιδ-
αγωγος herleitet. Aber gewiss kömmt es davon nicht unmittelbar
her, sondern vermutlich vermittelst des Arabischen, welches wohl
aus dem Griechischen könnte gemacht sein.«

Tempelherr: Zu den Tempelherren schreibt Voltaire in dem von Lessing übersetzten Essay *Geschichte der Kreuzzüge:* »Was vielleicht
die Schwäche des neuen Herzogthums zu Jerusalem gleichfalls erweist, ist die Errichtung (1092) der geistlichen Soldaten, der Tempelherren und der Hospitalier. [...] Die zum Dienste der Ver-
wundeten geweihten Mönche verpflichteten sich durch ein Gelübde im Jahre 1118, sich zu schlagen, und sodann entstund auf
einmal unter dem Namen der Tempelherren eine Militz, die diesen Titel deswegen annahm, weil sie nicht weit von derjenigen
Kirche wohnte, die ehemals der Tempel Salomo gewesen seyn
sollte. Diese Stiftungen hat man allein den Franzosen zu danken.
[...] Kaum waren diese beyden Orden durch die Bullen der
Päbste bestätiget, als sie reich und gegen einander eifersüchtig
wurden. Sie schlugen sich ebenso oft mit einander, als wider die
Mahometaner. Das weiße Kleid der Tempelherren und der
schwarze Oberrock der Hospitalier war eine beständige Losung
zu Schlachten« (*G. E. Lessings Übersetzungen aus dem Französischen Friedrichs des Großen und Voltaires*, hrsg. von Erich
Schmidt, Berlin 1892, S. 188).

Derwisch: (pers.) Bettler. Die mohammedanischen Bettelmönche
lebten in Einsiedeleien oder Klöstern.

Der Patriarch von Jerusalem: Das historische Vorbild dieses Bischofs von Jerusalem, der Patriarch Heraklius, wird von Lessings
Hauptquelle, Marins *Geschichte Saladins*, in den schwärzesten
Farben beschrieben: Palästina »sahe endlich den infamen Heraklius – was für einen Namen sollen wir diesem Manne geben, dessen Andenken durch das Geschrey des ganzen Orients abscheu-
lich geworden ist? – es sahe diesen infamen Heraklius den Pa-
triarchalischen Stuhl durch die allerschandbareste Aufführung
entehren« (I, S. 307). Sein erstes Bistum hatte er ebenso durch
Protektion der Mutter des Königs von Jerusalem erhalten wie das
Patriarchat, seine Rivalen ließ er vergiften, den Erzbischof von
Tyrus ebenso wie den Mann seiner Kurtisane, der ›Frau Patriar-

chin‹. Als Jerusalem 1187 von Saladin eingenommen worden war, verließ er die Stadt »zuerst mit dem Gefolge der ganzen Secular- und Regular-Geistlichkeit. Er hatte die Gold- und Silberbleche, die geweihten Gefäße, und den Schatz des heiligen Grabes mitgenommen« (II, S. 70). Lessing kam es allerdings nicht darauf an, diese renaissancehafte Biographie historisch korrekt nachzugestalten.

Emir: (arab.) »Emir bedeutet einen Befehlhaber, General, Chef, u. s. w. Die Emirs waren die ersten Personen im Staat« (Marin I, S. 64).

Mamelucken: Urspr. Sklaven türkischer und tscherkessischer Herkunft, leisteten sie Kriegsdienste in Saladins Reich und beherrschten später (1252–1516) selbst Ägypten und Syrien.

Erster Aufzug

10 *födert:* vorangeht, vonstatten geht. *födern* wurde im 17. und 18. Jh. nach Analogie von *fodern* (für *fordern*) gebildet.

11 *von der Hand... schlagen:* eilig und oberflächlich erledigen.

77 *Küssen:* Kissen; die ältere Schreibung noch im 18. Jh. üblich (mhd. *küssīn*).

90 *Gewinst:* Nebenform zu: Gewinn.

94 *vors Erste:* fürs Erste.

98 f. *Ohn alle / Des Hauses Kundschaft:* ohne jede Kenntnis des Hauses. (Kundschaft: Kenntnis, Wissen.)

120 *trat ihn... an:* trat an ihn heran.

132 *Traun:* wahrlich, fürwahr, wahrhaftig.

142 *Grille:* sonderbarer Einfall, fixe Idee, Laune.

147 *Vertrauet:* anvertraut.

152 *Muselmann:* arab. *muslim* (›Bekenner des Islam‹), in seiner persischen Variante *muslimân* in alle europäischen Sprachen entlehnt.

158 *wallen:* gehen, wandeln, wallfahrten. Da Lessing das Verb in seinem *Wörterbuch* anmerkt, ist sehr wahrscheinlich, dass er es als veraltet auffasst und hier leicht ironisch einsetzt.

195 f. *von seinem Fittiche / Verweht:* Fittich ›Flügel‹ ist schon im 18. Jh. auf die gehobene, feierliche Sprache beschränkt. Diese syntaktisch offene Partizipialkonstruktion muss wohl relativ auf »Feuer« bezogen werden (»das Feuer, welches von seinen Flügeln auseinander geweht wurde, welches vom Wehen seiner Flügel

verlosch«), worauf die Formulierung in Lessings Entwurf hindeutet (»dessen weißer Fittich die Flamme verwehte«).

215 *eigentlicher:* wirklicher, richtiger.

226 *Subtilität:* Spitzfindigkeit. Daja und später der Patriarch gebrauchen die für die christliche Kirche charakteristischen lateinischen Fremdwörter.

236 *Sein Eisen:* sein Schwert; mit dem »Gurt« (V. 235) ist also das Wehrgehenk gemeint.

237 *Das schließt für mich:* Das ist mir Beweis genug. Die Wendung stellt eine Verschiebung zu »schließen« (›einen Schluss ziehen‹) dar.

239 *Kömmt:* kommt. Der Umlaut in der 2. und 3. Pers. Sing. des Präsens ist sprachgeschichtlich die korrektere Form; *kommt* setzt sich gegen Ende des 18. Jh.s durch.

260 *sein Geschwister:* seine Geschwister. Die pluralisierte Bildung zu *Schwester*, die erst die Bedeutung ›Schwestern‹, später ›Schwestern und Brüder‹ trägt, wurde im 18. Jh. vereinzelt von Lessing, Goethe u. a. als kollektiver Singular aufgefasst.

273 *unbändigsten:* maßlosesten, wildesten.

280 *Augenbraunen:* die im 18. Jh. vorherrschende Variante für *Augenbrauen.*

283 *Ein Bug:* eine Krümmung; ahd. *puoc,* mhd. *buoc* bedeuten ›Gelenk, Biegung des Arms und Knies‹, wurden aber auch auf andere Gegenstände bezogen.

310 *an dem Tage seiner Feier:* an seinem Feiertage, hier Gedenktag eines Engels wie eines Heiligen in der katholischen Kirche.

311 *Almosen:* Wohltat, milde Gabe. Aus griech. ἐλεημοσύνη ›Erbarmen‹, mlat. *eleemosyna* wird ahd. *alamuosa,* mhd. *almuosen.*

311f. *mich / Deucht:* mir scheint, mich dünkt. Im 15. Jh. taucht für das Verb *dünken* (Prät. *däuchte*) auch die Präsensform *deucht* auf. Im 17. Jh. kam der Infinitiv dazu.

333 *Vergnügsam:* hier: zufrieden, genügsam.

334 *Ein Franke:* Seit dem ersten Kreuzzug (1096–99), der von Frankreich ausging, wurden im Vorderen Orient alle europäischen Christen »Franken« genannt.

364 *dürfen:* brauchen, müssen.

372 *Itzt:* jetzt.

375 *Hinein mit Euch:* Ein Fremder kommt, vor dem Frauen nicht unverschleiert erscheinen dürfen.

382 *Beim Propheten!:* Bei Mohammed! Charakteristischer muslimischer Ausruf, vergleichbar dem deutschen »Bei Gott!«.

386 *Warum:* Bis gegen Ende des 18. Jh.s steht *warum* unterschieds-
los auch für *worum* (›um was‹).

400 *Kellner:* Kellermeister.

406 *jeder Bettler ist von seinem Hause:* Jeder Bettler wird so ange-
sehen, behandelt und bewirtet, als gehöre er zum Hause.

408 *mit Strumpf und Stiel:* sprichwörtl. für: vollkommen, gänzlich.
Strunf (›Stumpf, Rumpf‹) ist seit dem späten Mittelalter belegt. Es
wurde bis ins 18. Jh. verwendet und durch die Variante *mit
Stumpf und Stiel* verdrängt.

411 *trotz einem!:* so gut als einer; geläufige Redewendung seit dem
16. Jh. (vgl. V. 1067 und 2552).

418–421 *Es taugt ... weniger:* Im Entwurf notiert Lessing die »Ma-
xime, welche die Araber dem Aristoteles beilegen: es sei besser,
daß ein Fürst ein geier sei unter Äsern, als ein Aas unter Geiern.«

425 *wuchern:* etwas einbringen, Zinsen bringen.

441 *Defterdar:* (pers.) Schatzmeister.

444 *Was ihr am Hafi unterscheidet:* zwei Eigenschaften: den Derwisch und den Schatzmeister.

450 *Ganges:* heiliger Strom der Inder. Vgl. V. 1489 ff.

464 *Vorfahr:* Vorgänger. Das Wort ist im 18. Jh. in dieser Bedeutung noch üblich, wird dann aber bald auf das verwandtschaft-
liche Verhältnis eingeschränkt.

465 *unhold:* widerwillig, ungnädig.

470 *filzig:* schändlich geizig.

477 *des Voglers Pfeife:* die Lockpfeife des Vogelstellers.

478 *Gimpel:* Dieser alte, seit dem 9. Jh. belegte Vogelname (Dom-
pfaff, Fink) wurde auch übertragen als Schimpfwort für einen be-
schränkten, leichtgläubigen Menschen, einen Einfaltspinsel verwendet. – *Geck:* hier: Narr.

481 *Bei Hunderttausenden:* zu Hunderttausenden.

482 *Ausmergeln:* das Mark aussaugen. Ableitung von ahd. *marag*
›Mark‹.

485 *sonder:* ohne.

517 *ihn anzugehn:* sich an ihn zu wenden.

519 f. *ab / Sich schlägt:* vom Weg abkommt; hier: weggeht.

523 *Biedermann:* Ehrenmann. Ableitung von *bieder* ›nützlich,
rechtschaffen‹.

524 *Absein:* Abwesenheit.

527 f. *Er kömmt / Euch nicht:* Er kommt nicht zu Euch.

532 *vor langer Weile:* aus Langeweile.

533 *Bruder:* Die *fratres*, Laienbrüder, haben nur das Gelübde des Gehorsams geleistet und verrichten die niederen Dienste im Kloster.

534 *Vater:* Die Mönche in der Klostergemeinschaft werden *pater* ›Vater‹ betitelt.

550 f. *verstopft… Geblüt:* Der gute Rat bezieht sich auf die psychosomatische Lehre der vorwissenschaftlichen Medizin und Psychologie, deren Hypothesen bis ins 18. Jh. für erwiesen galten. Unter den vier Körpersäften hielt man die schwarze Galle, die die Milz produziere, verantwortlich für trauriges, verzweifeltes, misstrauisches und resigniert-zynisches Verhalten. Menschen mit einem ständigen Übermaß an schwarzer Galle rechneten zum Typ der Melancholiker. Der vorübergehende Überfluss der schwarzen Galle im Blut, der vor allem von der Verstopfung der Milz herrühren könne, wurde als die Ursache für einen krankhaft traurigen Gemütszustand erkannt.

557 *Ein verschmitzter Bruder!:* ein verschlagener, schlauer Laienbruder. Das Part. Perf. *verschmitzt* des im 17. Jh. ausgestorbenen *verschmitzen* ›mit Ruten schlagen, quälen‹ hat sich in übertragener Bedeutung gehalten.

560 *klügeln:* überlegen, argumentieren, besser wissen.

566 *frommte mir's?:* nützte es mir?

573 *Tebnin:* »eine sehr gut verwahrete Vestung über Ptolemais, an der Sidonschen Heerstraße« (Marin II, S. 32). Sie wurde 1187 den Kreuzfahrern wieder entrissen.

574 *Stillstand:* Waffenstillstand. Zum historischen Waffenstillstand von 1192 s. Anm. zu V. 632 und 854.

576 *Sidon:* alte und bedeutende Stadt am Mittelmeer im Libanon, östl. vom heutigen Saïda. Sie gehörte seit 1111 zum Kreuzfahrerstaat, wurde aber 1187 von Saladin erobert.

577 *Selbzwanzigster:* ich selbst mit 19 anderen, ich selbst als Zwanzigster in der Gruppe.

593 *aufbehalten:* aufbewahrt, aufgehoben.

622 *sich… besehn:* sich umsehen.

632 *König Philipp:* Philipp II. (1164–1223), König von Frankreich, verständigte sich 1189 mit Richard Löwenherz, und sie beschlossen, gemeinsam den Kreuzzug zu führen. Doch schon während der Seefahrt zerstritten sich die Könige. Bei der Belagerung von Ptolemais (Acre) wurde Philipp krank und kehrte nach der Eroberung nach Frankreich zurück. Auch hier verfügt Lessing sou-

verän über die Fakten, denn zur Zeit des Waffenstillstands (1192) hatte Philipp längst eine Allianz mit Kaiser Heinrich IV. und Prinz Johann von England gegen Richard geschlossen.

647 *brav:* tüchtig, tapfer, redlich. Das aus ital.-span. *bravo,* frz. *brave* übernommene Adjektiv bürgerte sich wahrscheinlich über die Soldatensprache während des Dreißigjährigen Krieges ein; es wird hier ironisch verwendet.

661 *ausgegattert:* ausfindig gemacht, herausgefunden. – *Veste:* Festung, Burg, befestigtes Bauwerk.

662 *auf Libanon:* Namen von Bergen usw. standen wie sonstige Eigennamen urspr. ohne Artikel, wenn sie nicht Appellative waren. Lessing verwendet altertümliche artikellose Formen in einer Reihe von Fällen. Vgl. z. B. V. 1911 »in Osten«.

664 *Saladins... Vater:* Historisch daran ist nur, dass Saladins Vater Aijub während des Wesirats seines Sohnes die Finanzverwaltung in Ägypten übernommen hatte. Zum Zeitpunkt der Handlung war er schon fast 20 Jahre tot. Vgl. Marin I, S. 156; s. auch V. 906 »Ich war auf Libanon, bei unserm Vater«.

665 *Zurüstungen:* Vorbereitungen, Aufrüstung.

673 *Maroniten:* Mitglieder der syrischen christlichen Kirche, die sich mit der römischen unter dem Einfluss der Kreuzritter 1181 unierte. Der Name ist auf den hl. Maro (gest. 422) zurückzuführen.

678 *Ptolemais:* Akka, St. Johann von Acre. Syrische Stadt am Mittelmeer, die am längsten von den Kreuzfahrern beherrscht wurde. Nachdem Saladin sie 1187 erobert hatte, wurde sie drei Jahre lang von Kreuzfahrertruppen belagert und fiel erst nach Eintreffen der englischen und französischen Kontingente.

685 *Bubenstück:* gemeiner Streich. *Bube* gelangte von der Grundbedeutung ›Junge‹ über ›Knecht‹, bes. ›Trossknecht‹, zu der Bedeutung ›zuchtloser Mensch, Schurke‹.

699 *begnadet:* begnadigt.

701 *eingeleuchtet:* aufzuscheinen, aufzuleuchten schien.

709 *leugst du:* lügst du. Mhd. *liegen* wird auch im Nhd. beibehalten und seit dem 16. Jh. *ich liege, du leugst, er leugt* konjugiert. Erst in der 2. Hälfte des 17. Jh.s entwickelt sich in Norddeutschland *lügen,* das sich seit Mitte des 18. Jh.s durchzusetzen beginnt.

711 *Galle:* Das Wort ist urverwandt mit griech. χόλος ›Galle, Zorn‹. Die Galle spielte eine bedeutende Rolle in der Psychologie (in der Affekten- und Temperamentenlehre) bis ins 18. Jh. hinein

(vgl. Anm. zu V. 550 f.). Der eigentliche Gallensaft wurde als »gelbe Galle« bezeichnet, die zorniges, bitteres Verhalten verursache. Ihr Vorherrschen unter den Körpersäften determiniere den cholerischen Typ. Hier scheint »Galle« als Metapher für den Affekt des Zorns verwendet zu sein. Vgl. V. 1623 f. »in Augenblicken ... der Galle«.

716 f. *mein Paket ... wagen:* sprichwörtl.: den Handel wagen, etwas von zweifelhaftem Erfolg unternehmen. Die Wendung ist im 16. Jh. dem frz. *risquer le paquet* nachgebildet worden.

734 *Spezereien:* Gewürzen. Lehnwort aus mlat. *speciaria* ›aromatischer Pflanzensaft‹.

735 *Steinen:* Edelsteinen.

736 *Sina:* alter Name für China.

757 *ein edler Knecht:* Reiter, niedriger Adliger im Kriegsdienst. Noch im 17. Jh. hatte das Wort seine urspr. ehrenvolle Bedeutung; doch auch im 18. Jh. wird es zuweilen archaisierend in dieser Weise verwendet.

758 *In Kaiser Friedrichs Heere:* Kaiser Friedrich I. Barbarossa (geb. 1121, König seit 1152) hatte sich auf dem Reichstag zu Mainz (Ostern 1188) zu dem Kreuzzug verpflichtet. Er bereitete seinen Durchzug durch den Balkan und das Oströmische Reich diplomatisch vor und brach im Mai 1189 in Regensburg auf. Trotzdem gab es Schwierigkeiten mit dem Kaiser Isaak Angelus, der sich mit Saladin verbündet hatte, um die Schutzherrschaft über die heiligen Stätten zu erhalten. Nachdem die Kaiser sich arrangiert hatten und Barbarossa nach Kleinasien übergesetzt war, ertrank er im Juni 1190 im Saleph (Kalykadnos) in Armenien. – Chronologisch ist Dajas Erzählung nicht möglich, wenn sie Rechas Pflegemutter gewesen ist (vgl. V. 3579 f.).

771 *Eräugnet:* ereignet; die Schreibung *eräugnen* bis ins 18. Jh. gebräuchlich neben älterem *eräugen* (mhd. *eröugen*).

Zweiter Aufzug

791 *unbedeckt:* ohne Deckung.

792 *Gabel:* Fachterminus des Schachspiels, der eine Position bezeichnet, in der eine Figur gleichzeitig zwei gegnerische bedroht.

800 f. *das warst du nicht / Vermuten?:* das hast du nicht vermutet, erwartet?

805 *Dinar':* Dinar: arabische Goldmünze, deren Münzbild nur aus

Schriftzeichen besteht. Sie wurde in allen arabischen Staaten bis
ins 13. Jh. geprägt und auch von den Kreuzfahrern nachgemacht.
– *Naserinchen:* Naseri: kleine Silbermünze, die unter Saladin in
Ägypten und Syrien geprägt wurde.

812 *Satz:* Einsatz.

820 *doppelt Schach!:* König und Dame sind bedroht.

821 *Abschach:* Abzugsschach. Eine Figur wird gezogen und ermög-
licht der hinter ihr stehenden, den feindlichen König zu bedro-
hen.

828 f. *Wie höflich ... müsse:* Anspielung auf Saladins ritterliches
Verhalten der Königin Sybille gegenüber, der er 1187 erlaubte, ihren gefangenen König von Jerusalem, Guy de Lusignan, zu besuchen; auch die Gemahlin des Fürsten Balian ließ er frei abziehen,
während der Fürst gegen ihn Krieg führte.

833 *matt!:* aus persisch *mât schâh* ›der König ist tot‹.

839 *die glatten Steine:* Der Islam verbietet Abbildungen. Strenge
Mohammedaner spielen deshalb mit Steinen, die Figuren nicht
einmal stilisiert darstellen, sondern nur eine Wertbezeichnung
tragen. Solche Steine benutzt Saladin sonst nur im Spiel mit dem
Iman (vgl. Anm. zu V. 841); sie erfordern natürlich größere Auf-
merksamkeit als Figuren.

841 *Iman:* Imam; »im engern Verstande bedeutet dieses Wort einen
Mann, der den Moscheen vorsteht, und im vorzüglichsten Verstande, das Haupt der Muselmanischen Religion. In den vor-
nehmsten Städten sind besondere Imams, die man mit unsern Bi-
schöffen [...] vergleichen könnte« (Marin I, S. 133 f.). Zedlers
Universal-Lexicon belegt, dass der Endkonsonant schwankte.

846 *stumpfen:* abstumpfen, mildern.

851 *gieriger:* eifriger.

854 *Stillstand:* Die Stelle spielt auf den Waffenstillstand von 1192
an, dessen Verhandlungen seit der Belagerung von Ptolemais
(Acre) zwischen Richard II. und Saladin geführt wurden. »Man
machte also, nicht einen beständigen Frieden, sondern einen Stillstand auf drey Jahre und drey Monate« (Marin II, S. 292).

857 *Richards Bruder:* Prinz Johann, der spätere König Johann I.
von England (1166–1216). Dieser Teil des vorgeschlagenen Han-
dels ist Lessings Erfindung.

858 *deinen Richard:* Richard I. (1157–99) Löwenherz, König von
England und der Normandie, landete im Juni 1191 in Palästina
und unterstützte sofort die Belagerer von Ptolemais (Acre). Wäh-

rend der 16 Monate im Heiligen Land erwarb er sich mit wilden Heldentaten den Ruhm, der die geschichtliche Grundlage für die Legende des tapferen Ritters bildete, und eine Reihe bedeutender Feinde unter den christlichen Fürsten. Vor seiner Abfahrt (1192) schloss er einen dreijährigen Waffenstillstand mit Saladin. Auf der Rückreise wurde er von Leopold von Österreich gefangen genommen und erst nach zwei Jahren gegen ein Lösegeld freigelassen.

866 *des schönen Traums... gelacht: lachen* wird bis ins 19. Jh. mit dem Genitiv gebraucht.

870 *wirzt:* ältere Schreibung neben *würzt.*

886 *Männin:* Diese Bildung aus *Mann* dient zunächst zur Übersetzung der Vulgatastelle 1. Mose 2,23. Später bürgert sie sich in der gewählten Sprache ein.

892 *Acca:* vgl. Anm. zu V. 678.

903 *Was irrte dich:* Was machte dich zornig, irritierte dich?

953 *Mummerei:* Verstellung, Maske, Verkleidung.

962 *sich verbitten:* hier: sich erbitten.

976 *ausgeworfen:* als Betrag für Hofhaltung usw. festgesetzt.

977 *Monden:* Monaten. In poetischer Sprache wurde *Mond* in dieser Bedeutung bis ins 19. Jh. verwendet.

990 *Ein Kleid... Gott!:* In seinem Entwurfheft notierte Lessing: »Saladin hatte nie mehr als ein Kleid, nie mehr als ein Pferd in seinem Stalle. Mitten unter Reichtümern und Überfluss freute er sich einer völligen Armut. H(erbelot), 331. Ein Kleid, ein Pferd, einen Gott! Nach seinem Tode fand man in des Saladin Schatze mehr nicht als einen Dukaten u. 40 silberne Naserinen. Delitiae orient., p. 180.«

1002 *Abbrechen:* einschränken, sich etwas versagen, erübrigen, verkürzen. – *einziehn:* seinen Aufwand vermindern.

1007 *abdingen:* abhandeln, einen Nachlass abhandeln.

1012 f. *spießen... drosseln:* Das Zuschnüren der Drossel (Gurgel) war im Orient eine ehrenvollere Hinrichtungsart als das Spießen oder Pfählen, wobei dem Hinzurichtenden ein spitzer Pfahl (Spieß) von unten durch den Leib getrieben wurde.

1015 *Auf Unterschleif:* bei einer Unterschlagung, bei der Benachteiligung der öffentlichen Kasse, Veruntreuung der Staatsgelder.

1035 *Mich denkt des Ausdrucks:* Ich erinnere mich an den Ausdruck. Das Genitivobjekt wurde erst im 19. Jh. durch ein präpositionales ersetzt.

1067 *trotz Saladin:* ebenso wie, so gut wie Saladin. Im vergleichen-
den Sinne ist die Präposition seit dem 16. Jh. üblich.

1070 *Parsi:* indische Anhänger Zoroasters, des Begründers des persischen Feuerkults, die im 8. Jh. aus Persien ausgewandert sind
und seitdem in der Gegend von Bombay leben.

1076 *gemeinen:* gewöhnlichen, landläufigen.

1078 *Lohn von Gott:* gekürzte Dankesformel für: Lohn von Gott
werde dir.

1079 *zög er:* zöge er ein, empfinge er.

1082 *Gesetz:* hier: das mosaische Gesetz.

1086 f. *übern Fuß … gespannt:* Redewendung: in gespanntem Verhältnis stehen, ohne gerade Feinde zu sein.

1092 *Mohren:* Mauretanier, Neger. Die lateinische Bezeichnung für
Nordwestafrikaner, *Maurus,* erscheint im Althochdeutschen als
môr und wird analog zum Gebrauch in anderen europäischen
Sprachen auf alle Mitglieder der schwarzen Rasse verallgemeinert.

1098 *Betriegen:* betrügen; die Schreibung *betriegen* noch im 18. Jh.
üblich (mhd. *triegen*).

1103 *Salomons und Davids Gräber:* Im Grabe Davids und Salomons sollen, so berichtet der jüdische Historiker Flavius Jose-
phus (geb. 37 n. Chr.) in seinen *Antiquitates Iudaicae,* unermess-
liche Schätze verborgen liegen; allerdings sollen übernatürliche
Kräfte schon Herodes daran gehindert haben, sie an sich zu bringen.

1115 *Mammon:* Reichtum, Geld und Gut. Das im Neuen Testa-
ment mehrmals gebrauchte chaldäische Wort *mâmôn, mammôn*
blieb in der Vulgata als Personifikation des Reichtums unüber-
setzt, und auch Luther benutzte es in diesem Sinn.

1116 *Saumtier:* Lasttier.

1118 *eh':* früher; veralteter Komparativ aus mhd. *ē.*

1125 *eingestimmt:* im Einklang, harmonisch.

1142 *Haram:* türk. *harem* ›Frauengemach‹. Diese weniger ge-
bräuchliche Form basiert auf arab. *haram* ›verboten‹.

1192 *raue:* neue Schreibung von *rauhe.*

1202 *Verzieht:* verweilt, wartet.

1213 f. *dem Ersten / Dem Besten:* dem Erstbesten, jedem.

1218 f. *in die Schanze … schlagen:* aufs Spiel setzen. Mhd. *schanze*
ist um 1200 von afrz. *chéance* ›Glückswurf, Spiel, Einsatz, Wech-
selfall‹ entlehnt worden.

1262 f. *Ich find … Euch aus:* Ich durchschaue Euch.

1268 *Floht ihre Prüfung:* Ihr erspartet ihr die Versuchung, die Ihr für sie gewesen wäret. »Prüfung« (›Erprobung‹) erhält diese Bedeutung als theologisches Fachwort, wo es die von Gott veranstalteten Umstände bezeichnet, in denen eine Person gezwungen ist, sich moralisch zu entscheiden.

1279 *Mann:* Die allegorische Redeweise hätte an dieser Stelle »Baum« erfordert; es ist anzunehmen, dass Lessing hier bewusst das im 18. Jh. geläufige Bild metaphorisch einsetzt.

1284 *Knorr:* Ast, Knoten. – *Knuppen:* Klotz, Geschwulst.

1285 *Gipfelchen:* Wipfelchen. Die seit dem 15. Jh. für *Gipfel* geläufige Bedeutung ›Baumspitze‹ tritt seit dem 18. Jh. immer mehr hinter die Bedeutung ›Bergspitze‹ zurück.

1290 *das auserwählte Volk:* Grundlage der jüdischen Religion ist der Bund zwischen Jahwe und dem Volk Israel. In 5. Mose 7,6–8 werden seine Voraussetzung und sein Inhalt besonders deutlich: »Denn du bist ein heiliges Volk dem Herrn, deinem Gott. Dich hat der Herr, dein Gott, erwählt zum Volk des Eigentums aus allen Völkern, die auf Erden sind. Nicht hat euch der Herr angenommen und euch erwählt, weil ihr größer wäret als alle Völker – denn du bist das kleinste unter allen Völkern –, sondern weil er euch geliebt hat und damit er seinen Eid hielte, den er euren Vätern geschworen hat.«

1293 *Mich nicht entbrechen:* mich nicht enthalten.

1316 *das Gemeine:* das Übliche, Gewöhnliche.

1346 *Sparung:* Schonung.

1386 *Kundschaft machen:* Bekanntschaft machen.

1417 *Rückhalt:* Zurückhaltung.

1432 *Betaur':* bedaure; ältere Schreibung noch im 18. Jh. üblich (mhd. *türen, betüren*).

1437 *Nackter:* wie lat. *nudus* auch ›Leichtgekleideter‹.

1466 *bekam der Roche Feld:* erhielt der Turm Raum, Bewegungsfreiheit.

1489 *Ghebern:* persischer Name für die Anhänger der alten persischen Religion Zoroasters, die das Feuer verehrten. Sie wurden auch Parsi (Perser) genannt (vgl. Anm. zu V. 1070). Im Türkischen wird daraus *Giaur*, die Bezeichnung für die Ungläubigen, die Nicht-Mohammedaner.

1498 *Delk:* »welches im Arabischen der Name des Kittels eines Derwisch ist« (Brief Lessings an seinen Bruder Karl vom April 1779).

1506 *ihm selbst zu leben:* sich selbst zu leben.
1507 *andrer Sklav':* als Sklave andrer Leute.

Dritter Aufzug

1547 *Sperre dich:* sträube dich; *sich sperren* eigtl. ›die Beine zur Gegenwehr spreizen‹.
1577 *schlägt er mir nicht zu:* bekommt er mir nicht, vertrage ich ihn nicht gut.
1591 *Wähnen:* Spekulieren; Anstellen von Betrachtungen über religiöse Dinge.
1595 *Dich einverstanden:* sich einverstehen: einverstanden sein.
1601 *es:* bezieht sich wohl auf das nicht erwähnte Geräusch der näher kommenden Personen.
1613 *ungefähr:* zufällig, von ungefähr.
1621 *zugelernte:* abgerichtete.
1625 *übel:* heftig, zornig, ungebärdig, grausam. – *anließ:* anfuhr.
1640 *verstellt:* verändert, entstellt.
1682 *meiner warten: warten* mit Genitiv tritt seit dem 17. Jh. hinter *auf einen warten* zurück.
1694 *Was kömmt ihm an?:* Was ist mit ihm los?
1738 *mich stellen:* mich verstellen, heucheln, tun, als ob. – *besorgen lassen:* fürchten lassen, Furcht erregen.
1743 *abzubangen.* In Lessings *Anmerkungen über Adelungs Wörterbuch der Hochdeutschen Mundart* heißt es: »Durch bange machen einem etwas ablisten, abpressen. Ich weiß keine gedruckte Auctorität, aber ich habe sagen hören: Er hat mir mein Haus mehr abgebangt, als abgekauft« (L/M 16, S. 87).
1759f. *die Netze / Vorbei sich windet:* sich an den Netzen vorbeiwindet.
1872 *Brett:* Zahlbrett. Zum Geldzählen dienten früher eingefasste Bretter.
1877 *fodern:* fordern. Die synkopierte Form tritt seit dem Mittelalter vor allem in der Dichtersprache auf, da sie mehr Reimmöglichkeiten anbietet.
1885 *Stockjude:* Das intensivierende Bildungsmorphem *stock* bezeichnet in Verbindung mit Völkernamen einen Menschen, der in den Sitten und Anschauungen seines Volkes völlig befangen ist; vgl. auch *stockblind, stockdumm, stockfinster* usw.
1911 *in Osten:* im Osten, im Orient.

1914 *Farben spielte:* in Farben spielte, schillerte.

1945 *in geheim:* insgeheim.

2006 *Bezeihen:* zeihen, beschuldigen, bezichtigen.

2039 *drücken:* benachteiligen, quälen.

2073 *steif:* starr, mit unverwandtem Auge.

2077 *freierdings:* unaufgefordert, aus freien Stücken.

2085 *Post:* Betrag, Posten, eine Summe Geld.

2111 *Opfertier:* zur rituellen Schlachtung ausgewähltes Tier. Bitt-
und Dankopfer von Tieren kennen die jüdische und die islamische Religion, nicht aber die christliche.

2113 *wittern:* ausdenken, ahnen, riechend aufspüren. Die seit dem
Mhd. belegte Ableitung zu *Wetter* (›Luftbeschaffenheit‹) wurde
besonders in der Jägersprache geläufig.

2120 *lüstern:* begierig.

2132 *in dem gelobten Lande:* in Israel. Jahwe versprach (vgl.
2. Mose 3,8 ff.), die Israeliten aus dem Elend Ägyptens zu führen
»in ein Land, darin Milch und Honig fließt«.

2162 *verweilt:* aufgehalten.

2162 f. *der Mann / Steht seinen Ruhm:* es erweist sich, dass er so
gut wie oder besser als sein Ruhm ist.

2186 *Erkenntlichkeit:* Dankbarkeit.

2209 *Bastard ... Bankert:* »Bankkind; [...] Bankart heißt jedes
Kind, das außer dem Ehebette, welchem hier die Bank entgegen-
gesetzt wird, erzeugt worden. Bastard aber hat den Nebenbegriff,
daß die Mutter von weit geringerm Stande, als der Vater, gewesen
sei« (Lessing in seinem *Wörterbuch*).

2210 *Schlag:* Gattung, Art. Urspr. bezeichnet das Wort das Gepräge
bei Münzen; in übertragener Bedeutung wird es besonders von
Menschen gebraucht.

2264 *die Freundschaft haben:* die Freundlichkeit haben.

2286 *Vorsicht:* Vorsehung.

2361 *verlenken:* in die falsche Richtung lenken.

Vierter Aufzug

2411 *mit Fleisch und Blut:* als Mensch.

2451 *Einer Sorge:* Als Laienbruder hat er nur das Gelübde des Gehorsams abgelegt.

2469 *Frommen:* Nutzen.

2520 *Witz:* bezeichnet urspr. das Denkvermögen im Allgemeinen, gerät im 17. Jh. unter den Einfluss der Bedeutung von frz. *esprit* ›Begabung für geistreiche Einfälle‹; hier ›Verstand, Geist‹.

2522 *auf das Theater:* Dieser anachronistische Bezug auf das Theater ist die auffälligste Anspielung im *Nathan* auf die als »Fragmenten-Streit« bezeichnete theologische Fehde mit dem Hamburger Hauptpastor Johann Melchior Goeze. Als das Herzogliche Konsistorium in Braunschweig Lessing auf Druck seiner Gegner die Zensurfreiheit entzog und der Herzog ihm gar verbot, überhaupt in dieser Sache zu veröffentlichen, schrieb er am 6. September 1778 an Elise Reimarus: »Ich muß versuchen, ob man mich auf meiner alten Kanzel, auf dem Theater wenigstens, noch ungestört will predigen lassen.«

2523 f. *pro / Et contra:* (lat.) für und wider.

2528 *Diözes':* Diözese: Amtsgebiet eines Bischofs.

2531 *fördersamst:* schnellstens, unverzüglich.

2537 *Apostasie:* Abfall vom christlichen Glauben.

2571 *Kapitulation:* Bezeichnung für (völker- und staatsrechtliche) Verträge. Sie leitet sich daher, dass die in Abschnitten gegliederten Hauptpunkte »Kapitel« genannt werden.

2584 *Sermon:* Rede, Predigt, Strafpredigt. Der heutige abfällige Sinn des Wortes ist im 18. Jh. noch nicht allgemein.

2596 *Problema:* (lat.) eine zum Lösen vorgelegte zweifelhafte Aufgabe, Streitfrage.

2600 *Bonafides:* (lat.) guter Glaube (sprechender Name).

2611 *das Armut:* die armen Leute. Das Genus von *Armut* hat seit dem Mhd. bis ins 18. Jh. zwischen weiblich und sächlich geschwankt.

2648 *auf einen Sofa:* Lessing übernimmt das französische Genus des ursprünglich arabisch-türkischen Wortes. – *sein Ton:* seine Stimme.

2667 *Höhle:* Anspielung auf die sowohl in christlicher als auch in mohammedanischer Tradition bekannte Legende von den Siebenschläfern, sieben jungen Leuten, die den Kaiser nicht als Gott verehren wollten und verfolgt wurden. Ein Schäfer versteckte sie in einer Felsenhöhle, die der rachedurstige Kaiser zumauern ließ. Nach 184 Jahren wachten sie ungealtert wieder auf, wurden jedoch bald entrückt.

2668 *Ginnistan:* »so viel als Feenland« (Lessing an seinen Bruder, April 1779).

2669 *Div:* »so viel als Fee« (ebd.).

2684 *Jamerlonk:* »das weite Oberkleid der Araber« (ebd.).

2686 *Tulban:* Turban, Kopftuch. Diese persisch-türkische Form des
Wortes ist heute durch die rumänische ersetzt. Seit den Kreuzzü-
gen war der Turban für die Christen das Symbol des islamischen
Glaubens und seiner Anhänger. – *Filz:* Filzkappe.

2693 *Ein Wort?... Ein Mann!:* Lessing scheint das im 18. Jh. popu-
läre Sprichwort »Ein Mann ein Wort – ein Wort ein Mann / Ist
besser, als ein Schwur getan« für den Vorgang eines ehrenwört-
lichen Versprechens benutzt zu haben.

2710 f. *auf meiner Hut / Mich mit dir halten:* auf der Hut vor dir
sein.

2743 *platterdings:* einfach, ohne weiteres.

2772 *körnt:* anlockt, ködert; eigtl.: durch ausgestreute Getreide-
oder Futterkörner anlocken.

2776 *verzettelt:* verstreut, zersprengt; Iterativbildung zu mhd. *ver-
zetten* ›ausstreuen, fallen lassen‹.

2779 *Der tolerante Schwätzer:* Toleranz als Duldung abweichender
Glaubensbekenntnisse ist dem Mittelalter und der Reformations-
zeit fremd und taucht als Forderung erst im 17. Jh. auf. Erst die
Aufklärung setzt freie Religionsausübung gegen Ende des 18. Jh.s
in Deutschland gegen die Staatskirche durch.

2780 f. *jüd'schen Wolf... Schafpelz:* vgl. Mt. 7,15.

2789 f. *sich... genommen hätte:* sich benommen hätte.

2799 *Schwärmern deines Pöbels:* den Fanatikern unter dem rohen
Christenvolk. *Schwärmer* bedeutet hier nicht wie an anderen
Stellen (vgl. V. 137 und 3402) im Sinne des 18. Jh.s ›jemand, der zu
viel Phantasie hat und sich zu sehr begeistern lässt‹, sondern dem
urspr. Gebrauch entsprechend ›Häretiker, religiöser Fanatiker‹. –
Mhd. *povel* hat zunächst wie lat. *populus* die Bedeutung ›Volk,
Volksmenge, Einwohnerschaft‹, erfährt aber eine immer negati-
vere Verwendung.

2820 *ohne Schweinefleisch:* Die jüdische und die islamische Religion verbieten den Genuss von Schweinefleisch.

2881 *Nicht rühr an!:* Formelhafter Ausruf (vgl. lat. *noli tangere*,
frz. *n'y touche pas*), der die Verschmähung einer dargebotenen
Gabe ausdrückt (auch als Verbot).

2894 f. *Feuerkohlen... auf Euer Haupt / Gesammelt:* Anspielung
auf Spr. 25,21 f. und Röm. 12,20: »Wenn deinen Feind hungert, so
speise ihn; dürstet ihn, so tränke ihn. Wenn du das tust, so wirst
du feurige Kohlen auf sein Haupt sammeln.«

2919 *annoch:* noch.

2935 *Eremit:* Einsiedler, Klausner.

2936 *Quarantana:* hoher Berg zwischen Jericho und Jerusalem, der »jetzo eigentlich Quarantania heisset von den 40 Tagen der Versuchung Christi, weil nehmlich der Heyland auf diesem Berge die Versuchung ausgestanden haben soll, Matth. IV. Etliche melden, daß oben annoch ein verfallener Ort gezeigt würde, wo Christus gebetet und gefastet hätte« (*Zedlers Universal-Lexicon*).

2942 *Allwo:* alte Verstärkung von *wo.*

2947 *Tabor:* Berg in Galiläa, auf dem Christus verklärt worden sein und sich den 500 Jüngern gezeigt haben soll (Mt. 17,1 f., Mk. 9,2 f.).

2979 *Gazza:* Ghaza. Diese alte Stadt wurde 1100 von den Kreuzfahrern erobert, 1170 von Saladin zurückgewonnen.

2982 *Darun:* ein fester »Platz an der palästinischen Gränzen auf der Seite von Egypten« (Marin II, S. 268).

2986 *blieb:* fiel, starb. – *Askalon:* Küstenstadt nördl. von Ghaza, die während der Kreuzzüge mehrmals von beiden Seiten erobert wurde. Saladin nahm sie 1187 ein.

2995 f. *hat / Es gute Wege:* ist alles in Ordnung.

3026 *Gleisnerei:* fromme Heuchelei, christliche Unduldsamkeit; Bildung zu mhd. *gelīchsenen* ›sich verstellen‹.

3039 *Gath:* Stadt am Mittelmeer nördl. von Ghaza.

3077 *Vorsicht:* Vorsehung.

3078 *Nun vollends:* Ergänze: seid Ihr ein Christ, da Ihr Euch dem Willen der Vorsehung fügt.

3087 *Ohm:* Oheim, Onkel.

3088 *Sipp':* Verwandter.

3093 *dem Geschlechte dessen:* seinem Geschlecht.

3101 *triegt:* trügt (vgl. Anm. zu V. 1098).

3106 *Brevier:* Gebetbuch, Sammlung ausgewählter Zitate, im 15. Jh. aus lat. *breviarium* ›kurzes Verzeichnis, Auszug‹ entlehnt.

3119 *Eidam:* Schwiegersohn.

Fünfter Aufzug

3158 *Kahira:* Kairo. El-Kahira ›die Siegreiche‹ war der Name der 968 n. Chr. gegründeten Hauptstadt des Fatimidischen Ägypten.

3163 *Zeitung:* Nachricht.

3166 *Botenbrot:* Botenlohn; geht auf den Brauch zurück, dass dem Boten nach Erledigung seines Auftrags drei Schnitten Brot vorgelegt wurden.

3176 *Abtritt:* Hingang, Tod.

3193 *Lecker:* Schlingel, Maulredner, Schmeichler, Schmarotzer.

3211 *Thebais:* Oberägypten (nach der alten Hauptstadt Theben).

3217 *Bedeckung:* Soldaten zur schützenden Begleitung.

3236 *stimmen:* beeinflussen, zu einem erwünschten Entschluss, einer Aussage veranlassen.

3245 *Block:* roher Stein- oder Holzblock, der noch bearbeitet werden muss.

3261 *Aberwitz:* Unverstand, Torheit, Wahnwitz. – *Tand:* geringe Ware, Wertloses.

3346 *Stöber:* Spion; eigentlich ein kleiner Jagdhund.

3377 *Gauch:* Narr.

3401 *Laffe:* Tölpel, Einfaltspinsel.

3455 *wer für mehr ihm danken wird!:* Gemeint ist der Teufel.

3493 *verhunzen:* verderben, auf den Hund bringen.

3501 *Auch eben viel:* gleichviel, egal.

3520 *angst:* ängstlich, verängstigt.

3546 *schlecht und recht:* In der Reimformel bewahrt *schlecht* den guten Sinn des alten Wortes: schlicht, ungekünstelt und aufrichtig.

3619 *in die Richte gehn:* den kürzesten Weg nehmen.

3627 *der Göttlichen:* Maria, der Mutter Jesu.

3640 *von sich:* außer sich.

3716 *gach:* jäh, hitzig, unbesonnen, vorschnell, übereilt.

3835 *erkennen:* anerkennen.

Reclam – Klassiker

Textausgaben der klassischen Literatur

in sorgfältig edierten Ausgaben
zum Reclam-typischen Niedrigpreis
eingebettet in ein System von Erläuterungen,
Interpretationen und Einführungen

Verständnishilfen zu einzelnen Texten

Lektüreschlüssel
zu Lessing: Nathan der Weise | UB 15316

Erläuterungen und Dokumente
zu Lessing: Nathan der Weise | UB 8118

Interpretationen
Lessings Dramen | UB 8411
Dramen vom Barock bis zur Aufklärung
UB 17512

**Literaturgeschichten und Lexika
Informationen zu Epochen und Gattungen
Theoriebände**

Reclam